徐元純　編

徐復觀教授散文集

臺灣學生書局印行

序

細讀徐元純小姐為其祖父，一代儒　徐復觀教授所精編的《徐復觀教授散文集》，心中極為感動與感受。感動的是，編此散文集，真所謂：「揚先人之潛德，勵後學之效賢」，誠如明末大儒顧炎武所讚賞的「有益於世之書」。讀此選文集，深識　徐師的真正思想源頭，乃建立在「不忘本」的「農民美德」（誠實，認真，惜福，感恩，惠人），而　徐師本人卻想做一個堂堂正正的讀書人，教書人。這種純真的思想，最令人感動。徐小姐在其用心所編的其祖父許多的散文中，能擇取成編並加以分類，其獨具慧眼的才華，值得人敬佩。匆草此文，為之序，願有助於讀者的瞭解書和人。

東海大學退休教授　薛順雄

二〇一八年八月二十六日

徐復觀教授散文集　II

編者序

我出生在我的爺爺——徐復觀教授辭世之後。所有關於爺爺的一切認知，都是來自於父親。父親告訴我：爺爺非常認真、用功，對學問盡力、對國家社會盡心。爺爺在自己擅長、應盡的，做到自己該做的、能做的。

曾經，我刻意不去碰觸有關爺爺的文章。因為自身學習的不順，不突出，不投入。也懷疑：這真的能幫得了我嗎？

對於我的疑慮，父親挑選了幾篇爺爺寫的文章，給我閱讀。

第一次，我硬著頭皮，覺得很不舒服。第二次，我讀得比較慢，不再覺得不舒服。第三次，我沒有不舒服，我想要再多讀幾遍。

我發現，爺爺就是父親一直告訴我的：他是用功、是認真，對國家社會始終不曾斷過連線，所以爺爺的觀點總是一筆點出問題、文字下筆不求華麗精緻、而是清楚淺顯，因為爺爺的目光始終是在一般的社會大眾，他希望能清楚說明自己的理念，告訴大眾解惑什麼是中國文化中的平、直、進取的生活態度。

《徐復觀教授散文集》一書共收錄了二十二篇徐復觀教授感性的散文，以徐復觀教授對故人往事的追憶、自我學習的過程心得、對時事的看法和自身經歷，分成【憶】、【學與思】、【感】三類，和社會分享。

感謝薛順雄教授詳細的審閱文稿和撰序。

徐元純敬誌

二〇一八年八月八日

徐復觀教授散文集

目次

【學與思】

【感】

憶

誰賦豳風七月篇——農村的記憶

一

我平生好讀陸放翁「今皇神武是周宣，誰賦南征北伐篇」的這首詩，覺得他有燕趙慷慨悲歌之氣。但現在的心情，慢慢的轉變了。對於流亡的人來說，則豳風「七月」的詩，較之歌頌宣王南征北伐的詩，更有親切之情，更增加對鄉土的慕戀。

豳風，據說是周公自作，或與周公有關的詩。詩經把他列在十五國國風的「變風」之末，有人說這是孔子刪詩所定的次序。大儒王通推原孔子定這種次序的用意說：「言變之可以正也」。好像易經上的剝極必復，否去泰來一樣，以見人道之不可終窮，我想，中國聖人的用心大概會如此。聖人之所以為聖人，正在他的悲懷宏願，不肯使人類走上了盡頭路。

豳風主要的詩是「七月」。詩序說，「七月，陳王業也。周公遭變，故陳后稷先公風化之所由，致王業之艱難也。」「七月」這首詩，一面是歌詠農民的辛勤，同時也是歌詠農民的德性。農民的辛勤和德性，在周公，至少是在作詩序的人看來，就是周朝王業和風化的根本。周公作這首詩叫瞎子唱給成王聽，用共產黨的術語說，是要成王向農民學習。做皇帝的人，不可忘記農民。要向農民學習，要算是中國政治思想的主要內容之一。所以國家迎寒迎暑祈年等大典，都要歌「七月」。鄭康成根據周官，以為「七月」兼風雅頌三義，則其應用的範圍更廣。自此以後，豳風七月成為政治的教材，成為藝林的佳話，下開田園詩人，田園畫家的廣大分野。錢賓四先生在「中國文化史導論」中，把農業文化的靜穆敦厚之美，描寫得有聲有色；而我的朋友程兆熊先生，是學農而由藝以進乎道的；在他的許多文章中，常以幽峭空靈之筆、寫綿綿不盡之心，總是把人類的前途，歸到土的上面，歸到農的上面。依我看，兩位先生對農業的厚意深情，都可說是七月篇的流風餘韻。

農村，是中國人土生土長的地方。一個人，一個集團，一個民族，到了忘記他的土生土長，到了不能對他土生土長之地分給一滴感情，到了不能從他的土生土長中吸取一滴生命的泉水，則他將忘記一切，將是對一切無情，將從任何地方都得不到真正的生命。這種個人、集團、民族的運命，大概也會所餘無幾了。劉裕把他未做皇帝時的耕具，陳設在廟裏，想藉以使他的子孫，能睹物興懷，知創業之所自。可是他的兒子（或者是孫子）走進去看到這些東西，簡直覺得原來出身微賤，慚愧萬分，趕快叫人搬走。這恰符合了我們這一代的智識分子的心情；而劉裕的子或孫，也符合了我們這一代的智識分子的命運。

幾千年的農業社會，假定其中沒有蘊蓄著一點可寶貴的生命，則中國歷史的存在，全是偶然；而管理眾人之事的政治家們，假定對他所管理最大多數的農民，缺少最低的同情與了解，則他的管理方針，自然會牛頭不對馬嘴。中國過去做官的人，多半是從農村中來；官告一段落了，也多半依然回到農村去；他們的身上多少總有點土氣，他們的腦子裏多少總還沾點民情；所以壞也有個限度。清末以來，智識分子雖然多數是從農村中來的；但一離開農村，便永遠不想農村，永遠不回農村。即使官沒有了，也把農村括來的錢，多的滙到外國，到外國去參加人家的現代化。比較少一點的，也竭盡一切的方法，住在都市上，過各種層次的現代化生活。這些人的心中，根本沒有自己的錢從何處來？自己的祖宗從何處來？鄉下人何以要拿錢來供給自己的現代化生活？等問題的存在。所以大家可以心安理得的騎在農民的頭上，無窮盡的油滑，浮誇，詐騙，流蕩下去。油滑、浮誇、詐騙、流蕩、這正是我們都市的「市氣」。而「市氣」就是這些人的現代化。臺灣層出不窮的學生流氓組織，據保安司令部負責指導的人分析其原因說：「父兄位居顯要。」「受都市不良生活之感染，不諳物力艱難及農村之疾苦，養成其趨腐逐臭之習慣。」（見六月廿五日軍聞社訊）這是當然的。正因為這批孩子的顯要父兄，忘記農村疾苦，不諳物力艱難，整天沈浸於腐臭市氣之中，所以他們的孩子才家學淵源，箕裘不墜。中國過去是以市井之徒為可鄙，以市井之氣為可羞。而這卻正是現代智識分子的生命，一直到海外逃亡而不自覺。當著這些市氣冲天的現代人，假定也有人出來再賦豳風七月之篇，使這些忘本的現代人，也親一點土氣，也想一想他的父親、祖父、曾祖父，一代一代的來源，或許可以使他們稍歛一點虛偽浮誇之習，稍存一點樸厚凝重之心，倒未嘗不是促使大家在流亡中重新想問題的起點。更不說甚麼戚繼光練兵，要「再換清水」（農民），曾國藩用人，特注重「鄉氣」了。

中國共產黨，真是亙古未有的大騙子。他的第一騙，是騙中國的農民。毛澤東以農運起家，他知道農村的矛盾，也知道農民的美德。所以他便在瞞天過海的大騙術之下，以農村的矛盾，引發農民的美德；再將農民的美德，一步一步的轉成他的工具，以奪取天下。共產黨的質樸、堅苦、犧牲，都是從那裏得來的；而鬪爭、清算、殘暴、詐騙，這是共產黨所施給農民的符咒。共產黨在打天下的過程中，曾居然以農民的代表者自命。及憑農民的淚海血河，打下了天下以後，農村卻被視為半封建的，落後的，革命的對象。雖然沒有把他幹部的缺點，罪惡，一筆寫在農民身上去，這只是毛澤東的不太愚蠢；實際，他是把農村當作罪惡的淵藪，所以一再的土改，挖農村的根，剝農村的皮，翻農村的面；幾千年農村在精神上物力上的蓄積；大概這一次給共產黨搞完了。將來縱使能回到大陸，恐怕所看見的已經不是我們所自出的農村。那時的寂寞，我現在已經預感到了。

所以我縱使也是一個偉大的詩人，也能像周公一樣，重寫一篇豳風七月的詩，以詠嘆農民的辛勤，歌頌農民的德性，則共產黨將視我為反動；而自由中國的大人先生們，也會視我為落伍，妨礙了他們的現代化；我將更陷於進退維谷的境地。幸而我不是詩人，更不能做像「七月」那樣偉大的詩篇。但農民這一代所受的欺凌誣衊，好像一個天真無邪的處女，被人加以強姦後，不說強姦者是強盜，反罵被姦者是娼婦，我實在因此而心酸。只要是一個中國人，不管他現在是如何的現代化，但試就他本身推上去，他的若祖若宗，若父若兄，若親若戚，若鄉黨中，總可以記憶出若干農村的生活史；在這些生活史中，有的是可敬，有的是可憐。如何能在記憶中，一二三四的數出那樣多的罪惡。農村中含有可惡的因素，那一定是由商業資本及貪官污吏所直接間接帶進去的罪惡。這是稍有良心，稍有常識的人，所不能不承認的結論。因此，我痛恨我自己不是詩人，坐視這一代忘本的人們，隨意將農民加以欺凌侮衊，除了心酸以外，再無其他方法表達這一代農民所受的積苦煩冤；因此，我更希望中國還會有偉大的詩人，作出新的七月篇來，喚起現在人的記憶，在記憶中抓住一點自己生命的根子，重新在歷史的車輪中站起。

二

真正說起來，我就是這群忘本的人們中的一個。我的家庭，我的村莊，我的親戚，都是道地的農民，所以也都是道地的窮苦。砍柴，放牛，撿棉花，摘豆角，這都是我二十歲以前，寒暑假中必做的功課。我父兄的艱辛，一閉目都到我眼前來了；所以我真正是大地的兒子，真正是從農村地平線下面長出來的。但我每一想到我在外面的生活情形，雖然比貪官污吏，濶少洋奴，要整飭微薄得多，但一和我鄉下的生活對比，便不覺滿身汗下；我真的忘本了，我的生活，和我的父兄親戚，依然有這樣大的距離。我的妻，初結婚時，人情世故，一竅不通，簡直把她無辦法。抗戰發生，到鄉下去住了兩年，居然前後兩人。美德呈顯，嬌習盡除，大家都說她賢德。我常想，農村環境的教育力量真算大。假定現在做官的人，也有機會在農村中住一兩年再出來，一定會和我的妻一樣，在做人做事上大有進步。可是我現在常拿以前的農村生活故事，來教導我的孩子，他們卻只當笑話聽。可知人是最容易忘本的動物。二十年前，我有一次坐長江的江船去上海。江船的客廳裏，坐著許多客人聊天，有母女兩人，也坐在客廳的角落上。母親大約五十多歲，衣著是鄉下小康之家的樣子，整潔質樸；女孩十八九歲，藍褂黑裙的學生裝。母親拿一塊在船過蕪湖時所買的醬豆腐乾，自己吃一點，分一半給她的女兒，臉上是表現著無限的慈愛，無限的安靜自然；可是她的女兒把眼睛向四週一望，滿臉通紅，以很生氣的神情推回母親的手：於是慈愛的母親當時也覺得非常惘然了。她不知道她的女兒已經現代化，船上坐的都是現代化的人，在官艙客廳裏分蕪湖醬乾吃，有失她現代化的女兒的面子。這一小場面，給了我這樣深的印象，到現在還不能忘卻。那不僅說明了市井與鄉下人之不相喻，也說明了今日談中西文化者之不相喻。像那位女孩程度的西化論者，對她慈愛的母親都要翻她一白眼，則對其他的人當然更要目為國粹派，冬烘先生，而值得拿去槍斃了。則今日中共之把農村整得死去而活不轉來，一般反共而又學共的人們又何嘗不暗裏從旁叫好？——只要不整到他自己頭上的話。因為他們也是明目張膽的說農村是罪惡的淵藪。

說農村是落後，那是當然的。生產技術的不進步，基層政治的腐化貪污，教育的不發達乃至不適合，都是落後的主要原因。假定能改進技術，澄清政治，普及教育，農民豈有不歡欣鼓舞之理；更有什麼喪心病狂的人來反對呢？但我們說農村是落後，這是拿外在的東西作尺度去說的。若就一般農民作人作事的基本精神而論，則我覺得不僅不是落後，而且是中國能支持幾千年的一種證明；也是中國尚有偉大的潛力，尚有偉大的前途的一種證明。「市氣」人物之不了解這種精神，脫離了這種精神，甚至誣衊這種精神，正是現代悲劇之所在。

上面所說的不是理論，而是一個社會性的事實。農業生產，是人力直接用向自然，是人力直接為了自己，這其中，能缺少人類的一段真精神嗎？而人類的真精神，是蘊蓄有無限的可能性和發展性。

有人罵農民是賦性游惰。但我們試想一想，農村最閒散的時期，是稻已收場，麥剛播種，一直到第二年菜花結果的前後。這種閒散，是來自農業本身的季節性，如何能說是農民的游惰？即在這種閒散時期，農民一面忙著清理本年的生計，一面趕著計劃來年的生計。同時，農桑收場，正是農村手工副業的開始。我家是在冬季做蠟燭，夜晚總是忙到三更才睡。沒有副業的人家，都羨慕能有一點副業。我們的手搖紡車還沒有淘汰，諸姑姊妹，更是起五更，睡半夜，趕著紡點棉線拿去賣，或以此彌補一年的虧空，或以此添置過年的新衣。最可愛的是小康之家，在除夕的前十多天，一家大小，都是緊張而愉快，忙個不休。一年勞動所得的一絲一粟，此時都蘊蓄著生命之花，與勞動者以安慰，鼓勵。新年到了，「教化子也有三天年」（教化子即乞丐），討債的只能討到除夕為止。這一不成文憲法，打斷了窮人生活上的糾纏，使他也能隨春到人間而鬆一口氣。除夕到了，全村大掃除、貼門神、春聯、放爆竹。自此之後，一直到燈節，各人堆上笑臉，滿口都說吉利話，一團喜悅，一片溫情。整年勞苦，親戚朋友都少往來。新年大家帶點禮物，彼此來往一番，聊通一年的款曲。農村的新年，才真是人情味的世界，才真可以看出是人的世界。「張而不弛，文武弗能」。在弛之中，更合上發乎人情自然的禮節，如臘祭，迎年，鄉飲酒之類；這種先王之教，一直浸潤在農村，使中國的農村，不是由鞭子所造成的冷酷黑暗，而富有溫暖光輝，以積蓄發展民族的生命，這實在是支持中國歷史的主力。我已有二十多年沒有在鄉下的家過新年了。大概此生此世，是永遠不會的。都市的年，好像滲了水的白酒，沒有真味，因為都市的人情味早已滲假了。

有的大人先生們，或許因此大發議論，說上述情形正是表現農民的懶惰，無計劃，不緊張，攸攸忽忽。但是，這是完全失掉了記憶的人，或者是完全沒有良心的人的說法。新年一過，我父親便把一句成語告訴我們，「一年之計在於春，一日之計在於晨」，要我們各人早作各自的準備。這句成語，是家喻戶曉，引以互相警惕的。嚴氏詩緝說：「七月之詩，一言蔽之曰，豫而已。凡感節物之變，而脩人事之備，皆豫為之謀也。」程子曰：「此詩（七月）多陳節物大要，言歲序之遷，人事當及時耳」；可見三千年前，中國農民，已經是有計劃的生產，難說到現在反退步得一蹋糊塗，硬要等今日共產黨來為他們搞生產計劃嗎？農民自己的計劃，是自己生命的發舒；共產黨為農民所立計劃，是對他們生命的剝削。現在的大人先生們，難說對這一點都分不清楚？農民第一計劃的是糧食如何能新陳相接；其次是肥料的積集分配；再其次是就去年的經驗，今年那一坵田應該種什麼；至於人力的計算，有餘如何利用，不足如何補充，更要費一番打算。一個忙季來了，譬如插秧、割稻、種豆、耘田，農民都要抓住那幾天內做完才有利，過了那幾天即不利，總是全家大小，不分晝夜的去爭取這種天時。稻子收早了「沒有煞漿」（穀子尚未十分成熟之意），收遲了便會生芽。更要搶著天氣好。所以我村子的人，常常問「你是割了多少稻子才天亮的呀？」有一個年輕的小伙子嘆氣說：「我有很久是兩頭不見大二了」。近村傳為笑談。我鄉裏稱母親為「大二」。早出時，母親未起，夜歸時，母親已睡，所以說兩頭不見「大二」。都市的時間是以鐘表來計算；農村的時間，是以各個人的生命力來計算，這種以生命力來爭取時間，用摩登的話說，是「抓住重點，突破困難」。千家詩上載范成大的詩「晝出耘田夜績痲，村莊兒女各當家」。又「鄉村四月閒人少，纔了蠶桑又插田」。五十歲以上的大人先生們，難道千家詩也不曾讀過？

朱柏廬的家訓，正是反映農村的生活秩序，所以也特為農村所重，常常把他寫作「中堂」掛。開首就是「黎明即起，洒掃庭除，要內外整潔。既昏便息，關鎖門戶，必親自檢點」。我父親在鄉下教書，但在嚴冬時也是每天東方剛發白便起來撿豬糞牛糞，積蓄肥料；全村人都仿傚起來。夜間關門，總要招呼一聲門閂上沒有？鄉下人罵關門不關上的說「你怕關掉了尾巴嗎」？後來我見到許多都市稱暗娼為「半開門」，我才明白鄉下人為什麼罵半關門了。

三

勤儉兩個字，是農村經濟的骨幹。但在政治不安定的時候，與其用勤儉兩字去表徵農民的活動，無寧用勤苦兩字更為恰當。我小的時候，常常晚上沒有飯吃，那還可以說是太窮。但我祖母的時候，聽說糧食是夠吃的，因為要存點糧食備糶，慢慢再添一點產業，便在農閒的日子，晚上只喝點米湯或吃點豆子當飯。我妻的前一代也是如此。問起來，鄉下人大半都是如此。真西山說「數米而炊，併日而食者，乃其常也」；這確是農村之常。家裏有老人，每月初一和十五的兩天，能買兩次肉給老人吃，那就算小康之家。此外，鄉下人吃肉，便要靠過節，祭祖，和過年了。自己死了人，要給弔喪者以大塊的肉吃；送葬時要請一對喇叭開路；尤其是老人的棺材和壽衣，幾年前就應準備好；這是鄉下人有一個孝的觀念，有一個禮的觀念在驅使他不得不如此。至於「大出喪」這一類的玩意兒，那只是極少的縉紳之家，尤其是上海人愛來這一套，農業社會是當不起的。誰能把這一套硬栽在農村裏去，以指實農村的罪惡？

因農民的普遍窮困，生存的要求太迫切，所以農民打算的範圍很窄，有時表現得很小氣。我村子裏常常用酒杯借油借鹽。假若一酒杯的油和鹽借後沒有還，那就很難再借第二次。但鄉下人並不是沒有大方的時候；割穀、割麥、收豆子的日子，可以讓女人小孩去撿，有時還要送他一把。過新年的頭三天，以及有婚喪慶弔，對於乞丐都特別大方。尤其是遇著插秧割稻，彼此都是無條件的幫工。鄉下做屋，只有木匠泥水匠要工錢，小工都來自親戚鄰里，照例是不要工錢的。只要自治稍有軌道，農村的守望相助，最為容易。農村的保甲，比市鎮容易編。徵兵徵工徵糧，完全是落在鄉下人身上，大人先生們對於都市是不敢輕易下手的。農民的自私，是迫於生活的煎迫，他有什麼資格和商人、和官商合一的大人先生們去爭一日之短長呢？並且安分守己的自私，豈不賢於朝市中的勒索詐騙嗎？

因農業本身的制約，不能鼓勵人的冒險，也不能有什麼飛躍性，這是真的。但誰能因此而抹煞農民的奮勵上進的精神呢？撫孤守志，教子成名，農村這類的偉大母親，代不絕人，蔣母就是偉大的例證，這都是農民堅貞奮勵的標誌。中國歷史上的人物，多半出於鄉下貧困之家，所以有「茅屋出公卿」的成語。我和我同時住師範的幾個朋友，都是窮得沒有「年飯米」的人家，若非父兄咬緊牙關，忍飢挨餓，如何能有升學的資格？就是現在的顯要中，總還有不少是這樣出身的。在生死之際能堅持一種信念，立下自己的腳跟，如忠孝節烈，耕讀傳家之類，這是中國文化在農村中最深厚偉大的成就。吸收農村這些美德而伸長到政治上的，一定是賢良的士大夫，一定是政治清明的時代。抹煞農村這種美德，騎在農民頭上，吸農民的脂血而還罵農民沒出息的，一定是最無良心的智識分子，一定是最沒落的朝代。

自由中國的人們！多增加你對農村的記憶，對農民的記憶，對你自己在農村流過汗流過淚的父兄親戚的記憶吧！在這種記憶中會使你迷途知返，慢慢的摸出走回大陸的土生土長之路。流亡者的靈魂的安息地方，不是懸在天上，而是擺在你所流亡出來的故鄉故土。

六月廿日於臺中

《民主評論》三卷十六期　一九五二年八月一日

我的父親

一

每次回憶到我的父親時，感情多少有些複雜，和回憶到母親時有點兩樣。

我曾從界河的總祠堂外面經過一次，從黃泥咀小鎮附近眠牛地的分祠堂經過無數次，但沒有在祠堂裏面參加春、秋二祭的資格。堂屋供「天地君親師位」的神龕的一旁，有個豎立的木箱，裏面裝著好幾十冊《徐氏宗譜》。十二歲時，曾好奇地偷偷拿幾冊出來翻過，只見上面印著這類東西，莫名其妙，趕快歸還原處，怕被發現時挨大人的罵，等於不曾看過。以後出門讀書、做事，在家的時間很少。所以對我們這一支徐氏，除了偶然從大人口中聽到些片斷外，沒有正確的了解。據說，從江西遷到蘄水縣的第一代，是住在縣城東面約五十里的洗馬畈。再由洗馬畈分一支到蘄水、羅田交界的界河。這一支又分為「軍份」「民份」，我們是屬於「軍份」。把老百姓分為軍、民兩份，應當來自明初的屯衛制。由此推測，從江西遷到蘄水、洗馬畈，可能是元代的事情。在傳說中，我們的故里，實沉埋著一段慘烈的戰爭歷史。距我們村二、三里的地方有一山村名金鼓沖，相傳在山沖裏埋著有金犁金耙；一直傳到我小時的民謠是「金犁金耙，挖到的人可得天下」。住在金鼓沖的老百姓姓陳，但一般人說，他們的祖宗牌有前後兩層，前面一層是「陳氏門中宗祖」，後面一層卻是「金氏門中宗祖」。另一距我們村子約二里有一不太高的山崗，名「殺二萬」，相傳在這裏殺過兩萬人。我在十七、八歲時放暑假回家，有一天和幾個朋友遊山遊到這裏，偶然在草叢中發現一塊露出的岩石，上面刻著「金小姐殉難處」六字。大家驚疑之下，又在山上尋找，在離此石約十多丈的地方，又在一塊岩石上，刻著「金將軍殉難處」。而刻石字跡粗劣，乃倉卒中所成。把上面的幾個片斷傳說與兩石刻結合起來，可以推定我的故里當時曾經受過一場很大的劫難。這可能和徐壽輝在蘄水起義有關。

徐氏由洗馬畈分到界河的一支，大概是在此次劫難之後。界河分一支到我們現住地的「徐瑄坳」，開支的祖人徐瑄（我們稱為瑄祖），有六個兒子，稱為六房。我們便是第六房的子孫，前面說到的眠牛地祠堂，即是六房的祠堂。瑄祖下來的輩分，是用從一到十來分別。我父親的輩分是「十」；由此推測，瑄祖應當是明末清初的人。

父親輩分的名字我不記得。學名執中，號可權。祖父弟兄三人，伯祖是一個優貢，曾在下巴河閘一多的上兩代教過書，聽說八股做得很好。我年幼時在舊書櫃中，曾發現他手抄的幾厚冊詩；字寫得很秀，但由他老人家抄詩的取材，及有一冊後面附錄的自作的幾首詩來看，在詩的造詣上並不太高明。

我的祖父行二，和行三的叔祖，都是種田的。曾祖父聽說是個舉人。曾祖父以上，便更不清楚。在我十多歲時，伯祖父的三個兒子，即是我的大伯、二伯、六叔，已經很窮困。大伯讀書連秀才也不曾考到，卻不事家人生產，更是窮得顧不了「書香門第」。有一次，我清理七、八個破舊書櫃，除了有一櫃完全是醫書外，其餘的都是八股文、試帖詩；雖然有的被蠹蟲吃得一塌胡塗，但都印得相當講究，有的還是套色板。大概從康熙時代起，一直到廢八股以前，都收羅得有。我約了幾個年齡差不多的堂兄弟，僅把醫書保留下來，此外都抬到河邊燒掉了。

有一次修補屋漏，在屋樑上發現有兩部書，一部是明板講律呂的（名字記不清楚），一部是呂晚村的集子，這不知是那一代留下的比較有意義的兩部書。其所以放在屋樑上，當然和呂晚村所遭文字之禍有關。這兩部書以後也一齊丟掉了。由上述情形推想，曾祖父以上，大概有好幾代是與八股有關係的。但我們的「世代書香」，卻與學問並沒有什麼關係。

二

當時的風氣，一個中人之家如有兩個以上的兒子，總盡可能的讓一個兒子讀書。伯祖三個兒子，伯父讀書。我祖父兩個兒子，我父親讀書，叔父種田。我小時聽到母親和其他伯叔們說，父親讀書非常用功。整天坐在書桌邊，椅子腳下面的地磨成了四個小洞。到二十歲左右，吐血吐得很厲害；全靠非常能幹的祖母的照顧，才不曾死去。但天份大概很低，八股文一直做不好；考來考去，考不到一名秀才，只好靠教蒙館為生。種田的叔父耐不住，吵著分了家。

蒙館的收入是正月元宵後第一天上學時的「見師禮」，這只等於香港過年時的「利是」。再便是年終時的「學錢」。收入的多少，決定於學生人數的多少，年齡的大小，及家長的經濟情形。

蒙館的地方，多半借用祠堂、廟宇，及人家的空宅。起一個蒙館，先要有一兩位熱心的人士發起借地方，邀學生。我父親連秀才的頭銜也沒有，大概有很長一段時間，教的是不到十個窮苦的兒童。但他作人很正派，不「管閒事」，教書很認真，講解得很清楚。到我發蒙的一年，即是辛亥革命的這一年，設館在白楊河東嶽廟裏，已經有近二十名學生；其中有幾個已經有十七、八歲，做整篇的文章，在當時便稱為「大學生」。後來有一年，縣裏「勸學所」（後來的教育局）舉行全縣師資考試，我父親考了第一名，他自己高興得不得了，邀學生時比以前更容易，他的蒙館應當稱為「私塾」了。及民國六年縣中學招考，我正在縣城住高等小學，也私自報名投考（當時並不嚴格限定資歷），頭一場考了個第一名。當時考中學的年齡都在二十歲上下，我年十三歲，又矮又瘦，在旁人眼睛裏，是地道的窮孩子。高小的同學，給我取了兩個渾名：一是「逃水荒的」。鄂中沔陽縣一帶，遇著大水災時，便成群結隊，向外縣逃亡乞食，稱為「逃水荒」。一是「賣油果子的」。我們縣內只有縣城裏才有油條賣，城裏人稱油條為「油果子」；窮苦的小孩子，提著竹籃裏裝的上十根油條，在小巷裏大聲喊著「油果子呵！」「油果子呵！」的叫賣。但一旦由我考了個第一名，在科舉氣氛還十分濃厚的情形下，簡直哄動了。

下巴河的聞、陳（陳沆的後人）兩大世家及暴發戶湯化龍家的子弟們，聯合起來要和我打架。因為這些關係，父親教書的行情也提高了，雖然不是教書中的「大先生」，但學生人數增加，收入也增加。到民國七、八年以後，家庭生活，漸由春季缺糧而進到穀麥相接；再進到只吃穀，不吃麥，可以稱為富農了。民國十五年以後，公立的初、高級小學，慢慢發達起來，社會也把科舉的觀念轉向到大、中、小的學校教育，私塾受到自然淘汰。但我父親的私塾教書生活，一直繼續到抗戰末期。

三

科舉改八股為策論，同時提倡數學；數學好的也可以「進學」為秀才。我不知道我父親從什麼時候起，練習起數學來。到我七、八歲時，他已經不常練習了。但我還發現厚厚的竹紙算草本子，保留了十幾二十冊，用的不是阿拉伯數字，而是用的中國數字；但零和點都已用上了。除了加減乘除外，還有一兩冊是勾股（三角）的算草。這一切，都是為了考試。考試不用了，我父親也就放棄了。但他教書時，也教一點數學。

我父親一生精神上最大的壓力，是科舉中考試的失敗。自己沒有完成的志願，當然寄托在兒子身上。開始是我哥哥上學，但因生活的緊迫，哥哥到十一、二歲時便改學種田。我四、五歲時，父親在小河口的一間空下的鋪房裏教師，離家只有兩里路，有時便帶我去玩。有一次，一個小孩背《三字經》，背了兩句接不下去；我一面玩，一面替他接下去。這時還未教我認字，大概聽到旁的小孩讀，便和兒歌一樣的記下了。隔壁的屠戶老闆跑過來再要我背，我也胡亂的背下去，我父親開始發現我有點聰明。但一連兩三年，蒙館改在較遠的地方，所以直到辛亥年才正式發蒙。父親開始有了點「新」的觀念，從「人」、「山水」、「耳目」、「手足」的教科書第一冊教起。第一冊讀完後，讀第二冊及《小學韻語》和《論語》，而沒有讀《龍文鞭影》及《小學瓊林》這類的故事入門的書，因為考試時不消做詩賦的原故。當時兒童在開始作文以前，先教聯字。兩字一聯時，老師在寫出的一個字的上面或下面，畫一個圓圈，教學生填進一字，看與老師所寫的字，在意義上是否聯得上。再進一步便是四字一聯，以成一句。這大概要發蒙一年以後，才作這種訓練。我發蒙後的三、四個月，有一天大家圍在一張圓桌子邊，我父親寫「日入」兩字，再圈上兩個圈，讓大家填。有的說「過夜」（我們鄉下，吃晚飯稱過夜），有的說「睏醒」（稱睡覺為睏醒）等等，我父親都不滿意。我擠進去說「而息」，我父親和幾位大學生都大吃一驚，因為並沒有教我讀「日出而作，日入而息」兩句話；追問起來，我也不知道從什麼地方聽來的。這年下季，便開始作文，幾十個字寫得承接清楚。這樣一來，把自己害苦了；我父親把兩代沒有達到的希望，都寄托在我身上，恨不得能「一鋤頭挖一口井」。

回憶起來，我從小就是任天而動，毫無志氣的孩子。不僅要我立志做官，使我發生反感；實際是懵懵懂懂，什麼志向也沒有。

假定當時誘導向做學問的路上去，情形可能兩樣；但在長期八股迷的家庭裏，這是不可能的事。父親用科舉鼓勵我的千言萬語，只當作耳邊風。這越發使父親焦急起來，逼得越緊。我每早背完《論語》、《孟子》、《論說入門》這類的東西以後，都要講一遍給他聽，錯一點，輕則用手糾臉皮，重則在頭上打「栗殼」。字的好壞，和考試有關係，每天練字時，他站在旁邊，一筆不對，便一栗殼打下來，打得我淚眼模糊，越寫越壞。有時我被打得性起，把紙筆一丟，索性不寫，這樣便要大打一頓，我就大哭一場，他再百樣的哄我。晚上帶我睡覺，在我睡意正濃時，突然考我某一句書或某一段文章；若是睡著不醒，或答得不對，便用手扭小腿肉。舊曆年放假，但我沒有假放。除日村中兒童從事大掃除，我非常想參加，卻不准我參加。有時母親看到我坐呆了，叫我出去溜一溜。我前面走出去，父親便從後面追出來，逼著我回到書桌邊去。大年初一，可以玩一天；有一次，我擠在一群孩子中間，也陪著「跌錢」玩，父親來了，就是幾栗殼。在舊書櫃中找到一部板本精美的《聊齋誌異》，驚為奇書；還未看完，被父親發現了，投之於火。小時非常喜歡讀詩，十歲左右便弄清楚了平仄。但因此時考試不出詩題，也不准讀。在十二歲進縣城高小以前，所讀的是《四書》、《五經》、《綱鑑易知錄》、《東萊博議》、《古文觀止》、《闈墨》（選印考舉人進士所作的策論）等。父親聽到舉人高錦官姻長說《困學紀聞》、《廿二史劄記》很有用，買回給我看，我一點不感興趣。一直到前年（一九七一年）偶然在《困學紀聞》中找一項材料，方驚嘆王伯厚氏以抄書為著書中的鴻裁卓識，欲寫一文加以發明而無暇進一步用力。總之，父親教我的都是以應付他所經歷、所想像的考試為目的，此外不准旁騖。

四

十二歲送到縣城住高等小學，把我拜託給一位國文教員高少庵先生。他和我的伯父是兒女親家；雖然此時伯父及三堂兄已死，高小姐並未過門，但總算有點親戚關係。高先生在當時很有點名望，聽說他的詩、古文詞作得很好；但性情傲慢而懶散，人一提到「高八先生」或「高八麻子」，總有幾分敬憚之意。父親帶我到他的房間裏，首先磕了一個頭，說了一番懇篤拜託的話，看到有旁的客人來，便走了。高先生回頭給我一枝鉛筆，一張十行紙，叫我作一篇〈學而時習之〉的作文；我站在他的桌子頭邊，大概寫了兩、三百字，把鉛筆放下，站在原地不敢動。客人走了，高先生問：「你為甚麼還不作？」我說：「已經作好了。」把寫好的一張紙送到他面前，他看完後，向抽屜裏一放，不說一字的好或壞，只指著窗子下的一張小長方桌說：「你可以在這裏坐。」過了幾天，有位相當有名的拔貢嚴恩露先生來看高先生，高先生從抽屜裏拿出我的作文給嚴拔貢看，並小聲說：「這個小鬼比徐味三強。」徐味三是離我們十五、六里路的一個大地主，又是舉人，做了幾任知縣（縣長），在我們族中，威靈顯赫，家裏曾聽人多次講到。突然聽了高先生這句話，心裏感到莫名其妙的自負：「原來我比他強呀！」這句話，再加上第二年在中學招考時考了個第一，還有位親戚私下向人說：「這孩子在科舉時代已經是舉人了。」可以說，把我的幼年時代完全葬送掉了。

我到了縣高小後，吃飯是由哥哥送米送菜，把米用飯碗量給學校請的廚手，菜交給廚手回鍋，再算點柴錢給他。同學們的菜有很大的差別。我家裏除了偶然送點豆腐乳以外，實在送不出甚麼菜來，零用錢更少。我經常的菜，是一塊豆腐剖作兩邊，上面洒點鹽，在飯上蒸一蒸，作午晚兩餐之用。我不在乎吃得好和壞，只是一脫離了父親的掌握，除了每次回家把沒有讀完的《左傳》，按照指定的頁數，背給他聽以外，完全過糊塗日子，並不好好做功課。開始有點怕高先生，以後發現他並不管我，玩的膽子越來越大。回想起來，沒有進高小以前，我雖然也有些調皮，但是一片純樸、真誠，沒有絲毫的壞念頭。一進了高小以後，除了不用功外，各種壞習慣，壞念頭，都慢慢沾上了。我常常想，受不夠水準的學校教育，完全是人生墮落的過程。

在家裏不准看《聊齋誌異》，此時便放膽的看章回小說。所有小說都是手掌大小的本子，油光紙上印著小得不可再小的字。有一次，晚上自習的時間，我把功課擺在桌面上，抽開抽屜，把小說放在抽屜裏偷偷地看。突然一隻手從我背膀上伸了下來拿住我的小說，回頭一看，原來是高先生，真把我嚇壞了。他一言不發的把其餘的三本一起拿走。過了幾天，他又一言不發的歸還給我，大概他知道我是向人借的。好像黃梨洲不反對人看小說，今人也多鼓勵看小說。住三年高小，把可以找得到、借得到的章回小說，幾乎看完了。我在小說得到了甚麼好處，真是天曉得。

不久，有另外四位同學，在一塊兒玩得最好，結拜成兄弟，這是當時的風氣。一位姓陳的是老大，他專門出些壞主意。有位李鼎同學，後來大學畢業，當中學校長當得不錯，但當時文字不通，是一個小地主的獨生子。他父親來送東西給他，穿得相當地破爛；但這位李同學告訴我們，他父親的錢，都是裝在瓦罐裏放在床底下，床底下的錢罐子簡直塞滿了；陳老大便出主意叫他偷，偷來我們「打平和」（此間所謂「打牙祭」，我們縣裏稱為「打平和」），我們都贊成。自此以後，李同學回去一次就偷一次。有一天，我們在李同學房裏，關著門開始大花臉來大蹦大跳，突然校監來拍門，我們藏在門後，李同學把門一開，我們便一衝而出，逃到燒熱水的地方洗臉。洗完後，回頭伏在窗子外面窺看，監學扭著李同學的耳朵，扭到房內每一髒亂的地方便打上幾栗殼，總打了十多次；我們忍不住又哄笑起來逃掉了。

其中有位王同學步雲，年齡和我不相上下。功課方面，我只有作文一樣出色，他的作文，決不在我之下；但我的字寫得亂七八糟，他的大小字已經有個樣子；此外英文、數學等科，無一不行。人生得很秀氣，一看就是小說中的才子乃至是天才型的人物，讀書又比我用功。高小畢業後，我們便分了手。一直到我住國學館，有一次放假特別繞道從蘭溪去看他。沿路經過秋風嶺等景物絕佳的山地，到他的風景如畫的村子裏住了兩天。他的祖父是位進士，留下有印的詩集，曾送我一部，早已丟掉；父親早死，母親守節撫養他成人。家境應當是小地主，家裏藏有不少的書；他感嘆的對我說：「你已有點名氣了（其實並沒有），但我在家裏也讀了不少的書，只是沒有方法出外去闖闖。」說後把《皇清經解》他看過的地方繙給我看。我對學問完全外行，對他除了少年時的一番悵惘之情外，也說不出點甚麼。再過幾年，知道他因到縣城狎妓等等，不到三十歲便死去了。在一個沉悶腐爛的舊社會中，像我和王步雲這種有希望的孩子，不知不覺中都糟塌掉了。

我雖然在中學入學考試時考了個第一，但為了避免糾紛，由縣長路孝植出一面告示，把我誇獎一番，結語說因我年齡太小，應俟高小畢業後再進入中學。但我在高小越來越不像話了。中學和高小都在蓮池校舍之內。中學有位潘臨淮學監，因為人很和善，學生便送他一個渾名叫「潘糍粑」，糍粑即是由糯米所做的年糕。有一天，我和一個同學打了玩，潘學監從旁經過；我說：「不要打，漫打出黑糍粑來了。」加一個「黑」字是譏笑他不通文理的意思。潘學監氣急了，告到我們校長前面，校長的意思，打兩下手板，敷衍潘學監一下面子也就算了。誰知我連校長也罵起來，弄得下不了台，掛牌把我開除學籍。這是已快放寒假，離畢業只有一學期。我回到家後，當然不敢直說，只在父親面前把學校批評得一錢不值，認為沒有住畢業的價值，不如在家自己用功。父親看到我進高小後，並沒有一點進步，覺得我的話也不錯，我便安心「過年」了。那裏知道，過年以後，父親從一位親戚口中，知道我是被開除掉的，氣得要死，對我說：「現在也不打你，你過了十五（元宵）後，要回到學校去。回不去，再狠狠地打。」這樣一來，只有再去，點名冊子上根本沒有我的姓名，但我依然嘻嘻哈哈地跟著同學一起上課。一直到畢業考試的前兩個月，冊子上又突然有了我的姓名。以最優秀的學生入校，以倒第六名畢業。這是民國七年的六月初的事情。

五

小學畢業的時候，父親已成為我鄉橫直三、四十里內有數的教書先生。但對我畢業後應做甚麼，實在說不出一個辦法來。升學，經濟情形絕對不許可。教蒙館又年齡太小。我便提議學中醫，並約一位姓陳的同學打伙開中藥舖，父親都贊成；並把藥櫃也買好了。我對藥櫃的許多抽屜是早已感到興趣的。七月初到縣城去拿畢業文憑，聽說武昌有個省立第一師範，五年畢業，住食等項都由公家供給，回家後告訴父親，父親便四處為我借盤費，這樣便在民國七年考進武昌省立第一師範。

師範校長是黃陂劉鳳章（號文卿）先生，講陽明之學，提倡知行合一，校規嚴肅，讀書風氣很盛。同時，同學的國文水準很高，圖書館藏書也相當豐富，請的教師也相當整齊；這樣，在精神上不知不覺的把我向上提了一步。這時我看的書，乃至寫文章的能力，可能比父親要高一點了。但寒假回家，還一定要我每星期作一篇文章給他改。我雖不反抗，但總是做他最不喜歡的翻案文章，父親看了也無可奈何。

父親在學問上沒有成就，對時代一點也不了解（鄉下從來沒有報紙）；精神上始終脫不了科舉的枷鎖。但在家庭內，孝弟出乎自然的本性。對兒女的慈愛和教養，用盡了他的心血。他雖然常常打我，有的是來自我的彆扭，有的是來自他的希望太切，有的是來自他的識見所限；他愛我，和愛我的姐姐、哥哥、弟弟，完全沒有兩樣。在鄉里間，除了竭心盡力教書以外，決無舊式讀書人喜歡干預農村他人生活，從中討便宜的心理與行為。二十歲左右吐血，四十、五十歲之間，經常患頭風，發時痛得直叫喚。加以生計寒苦，營養不足，所以身體很瘦弱。但五十以後，反而非常健康。生於一八七一年（同治十年），死於一九五六年，以高年身經鉅變，依然活了八十五歲。這有兩個原因。第一、他生活非常有規律，凡醫生認為不應吃的東西，便絕對不吃。不抽煙，不沾一滴酒。在我全村中，一年三百六十五天，他是起得最早的一個人。第二、除教書所消費的時間外，勤於體力勞動。一有空，便村前村後，收撿豬糞牛糞，作農田的肥料。一生沒有沾一分不義之財，沒有作一件敗德之事。他很希望我能升官發財，這一點，也隱伏著父子思想與感情的差距。但有幾個舊式讀書人真能跳出千餘年的科舉遺毒呢？從某一方面說，我父親是舊社會中的犧牲者。從另外方面說，他是一個堂堂正正的農村裏的讀書人、教書人。

癸丑舊曆正月三日於九龍

《明報月刊》第八卷第三期　一九七三年三月

我的母親

位於臺中市大度山坡上的東海大學的右界，與一批窮老百姓隔著一條乾溪。從乾溪的對岸，經常進入到東海校園的，除了一群窮孩子以外，還有一位老婆婆，身裁瘦小，皺紋滿面；頭上披著半麻半白的頭髮。她也常常態度安詳地，有時帶著一個孩子，有時是獨自一個人，清早進來，撿被人拋棄掉的破爛。我有早起散步的習慣。第一次偶然相遇，使我驀然一驚，不覺用眼向她注視；她卻很自然地把一隻手抬一抬，向我打招呼，我心裏更感到一陣難過。以後每遇到一次，心裏就難過一次。有一天忍不住向我的妻說：「三四十年來，我每遇見一個窮苦的婆婆時，便想到自己的母親。卻沒有像現在所經常遇見的這位撿破爛的婆婆，她的神情彷彿有點和母親相像，雖然母親不曾撿過破爛。你清好一包不穿的衣服，找著機會送給她，藉以減少我遇見她時所引起的內心痛苦。」妻同意我的說法，但認為「送要送得很自然，不著形跡」。這種自然而不著形跡的機會並不容易，於是有一次便請她走進路旁的合作社，送了她一包吃的東西。這位婆婆表示了一點驚奇的謝意後，抬起一隻手打著招呼走了。

現在我一個人客居香港，舊曆年的除夕，離著我的生日只有三天。不在這一比較寂靜的時間，把我對自己母親的記憶記一點出來，恐怕散在天南地北的自己的兒女，再不容易有機會了解自己生命所自來的根生土長的家庭，是怎麼一回事。但現在所能記憶的，已經模糊到不及百分之一二了。

一

浠水縣的徐姓，大概是在元末明初，從江西搬來的。統計有清一代，全縣共有二百八十多名舉人，我們這一姓，便佔了八十幾個。我家住在縣城北面，距縣城約六十華里的徐拾坳鳳形灣。再向北十五華里，是較為有名的團陂鎮。團陂鎮過去三里，是與黃岡縣分界的巴河。巴河向上十多里又與羅田縣分界，便稱為界河。據傳說，徐姓初遷浠水的始祖，是葬在古田畈附近的摩泥（泥鰍的土名）地，古田畈及縣城附近的徐姓，最為發達；許多舉人進士，都是屬於這一支的。我們這一支，又分為軍、民兩分（讀入聲），這大概是由明代的屯衛制而來。在界河的徐姓是民分，而我們則是軍分。

軍分的祖先便是「珸祖」。村子的老人們都傳說，他是赤手成家，變成了大地主的人。因為太有錢，所以房子起得非常講究，房子左右兩邊，還做有「八」字形的兩個斜面照牆，這是當時老百姓不應當有的，因此曾吃過一場官司。八字形的斜面照牆，在我們小時，還留有右邊的一面。而早經垮掉的老大門，石頭做的門頂梁和石頭柱子，橫臥在地上，相當的粗大。上面的傳說，可能有些根據。

珸祖死後，便葬在後面山上。在風水家的口中，說山形像鳳，所以我們的村子便稱為鳳形灣。珸祖有六個兒子，鄉下稱為「六房」。我們是屬於第六房的。由珸祖到我，大概是十二代，所以珸祖應當是明末的人。若以鳳形灣為基準，則鳳形灣右前方的村子，我們稱為「對面灣」，又稱「老屋」；這是第六房原住的村子，在曾祖父時才搬過來的。隔一道山岡的左後方村子是「樓後灣」，住著第三房的子姓。從左前方的田畈過去的村子，住著二十多家的楊姓人家，我們就稱他們的村子為「楊家的」。

大概在曾祖父的時候，因洪楊之亂，由地主而沒落下來，生活開始困難。祖父弟兄三人，伯祖讀書是貢生，我的祖父和叔祖種田。祖父生子二人，我的父親居長，讀書；叔父種田。伯祖生三子，大伯讀書，二伯和六叔種田。叔祖生二子，都種田。若以共產黨所定的標準說，我們都應算是中農。但在一連四個村子，共約七、八十戶人家中，他們幾乎都趕不上我們；因為他們有的是佃戶，種出一百斤稻子，地主要收去六十斤到七十斤，大抵新地主較老地主更為殘苛。有的連佃田也沒有。在我記憶中，橫直二三十里地方的人民，除了幾家大小地主外，富農中農佔十分之一、二，其餘都是一年不能吃飽幾個月的窮苦農民。

二

我母親姓楊，娘家在離我家約十華里的楊家灣。灣子比我們大；但除一兩家外，都是窮困的佃戶。據母親告訴我，外婆是「遠鄉人」，洪楊破南京時，躲在水溝裏，士兵用矛向溝裏搜索，頸碰著矛子穿了一個洞，幸而不死，輾轉逃難到楊家灣，和外公結了婚，生有四子二女；我母親在兄弟姊妹行，通計是第二，在姊妹行單計是老大。我稍能記事的時候，早已沒有外婆外公。四個舅父中，除三舅父出繼，可稱富農外，大舅二舅都是忠厚窮苦的佃農。小舅出外傭工，有很長一段時間，在下巴河聞姓大地主（聞一多弟兄們家裏）家中當廚子。當時大地主家裏所給工人的工錢，比社會上一般的工錢還要低，因為工人吃的伙食比較好些。

母親生於同治八年，大我父親兩歲。婚後生三男二女。大姐緝熙，後來嫁給「姚兒坳」的姚家。大哥紀常，種田；以胃癌死於民國三十五年。細姐在十五、六歲時夭折，弟弟孚觀讀書無成，改在家裏種田。三十八年十月左右，我家被掃地出門，母親旋不久死去，得年約八十歲。

三

父親讀書非常用功。二十歲左右，因肺病而吐血，吐得很厲害；幸虧祖母的調護，得以不死。祖母姓何，是何家舖人，聽說非常能幹，不幸早死，大概我們兄弟姊妹都沒有看到。可能因為父親的天資不高，所以連秀才也沒有考到。一直在鄉下教蒙館，收入非常微薄。家中三十石田（我們鄉間，能收稻子一百斤的，便稱為一石），全靠叔父耕種，勉強維持最低生活。所以母親結婚後，除養育我們兄弟姊妹外，弄飯、養豬等不待說，還要以「紡線子」為副業，工作非常辛苦。她的性情耿直而忠厚。我生下後，樣子長得很難看，鼻孔向上，即使不會看相的人，也知道這是一種窮相；據說，父親開始不大喜歡我。加以自小愛哭愛賭氣，很少過一般小孩子歡天喜地的日子。到了十幾歲時，二媽曾和我聊天：「你現在讀書很乖，但小時太吵人了。你媽媽整天忙進忙出的，你總是一面哭，一面吊住媽媽上褂的衣角兒，也隨著吊出吊進，把你媽媽的上褂角兒都吊壞了。我們在側面看不過眼，和她說，這樣的孩子也捨不得打一頓？但你媽總是站住摸摸你的頭，兒上幾聲，依然不肯打」。真的，在我的記憶裏，只挨過父親的狠打，卻從來沒有挨過母親一次打。有一回我在稻場上鬧得太不像話了，母親很生氣，拿著一枝竹條子來打我；我心中一急，便突然跑到她懷裏去，用臉挨著她的胸口，同時用手去搶住竹條子，原來是一枝大茅草梗，母親也就摸著我的頭笑了。這一次驚險場面，至今還記得清清楚楚。

四

叔父只有夫婦兩人，未生兒女。他一人種田，要養活我們兄弟姊妹「這一窩子」，心裏總有一股怨氣；但他不向我父親發作，總是向我母親發作；常常辱罵不算，還有時動手來打。我印象最深的一次是：叔父在堂屋的上邊罵，母親在堂屋的下邊應，中間隔一個天井。一下子，叔父飛奔而前，揪住母親的頭髮，痛毆一頓。母親披著頭髮叫，我們一群小孩躲在大門角裏哭。過了一會，才被人扯開。父親是很愛自己的弟弟的。加以他到黃州府去應考，一百二十里路，總是由叔父很辛苦地挑行李。考了二十多年，什麼也沒有考到，只落在鄉間教蒙館，對叔父會有些內疚。所以在這種場面，還要為叔父幫點腔，平平叔父的氣。

叔父這樣打罵我母親的目的，是要和父親分家，結果當然只好分了。叔父分十五石田和一點可以種棉花的旱地，自種自吃，加上過繼的弟弟，生活當然比未分時過得很好。但我們這一家六口，姐姐十三四歲，哥哥十一、二歲，細姐十歲左右，我五、六歲。父親「高了腳」，不能下田。媽媽和姐姐的腳，包得像圓錐子樣，更不能下田；哥哥開始學「莊稼」，但只能當助手；我只能上山去砍點柴；有時放放牛，但牛是與他人合夥養的。所以這樣一點田，每年非要請半工或月工，便耕種不出。年成好，一年收一千五百斤稻子，做成七百五十斤米，每年只能吃到十二月過年的時候；一過了年，便憑父親教蒙館的一點「學錢」，四處托人情買米。學錢除了應付家裏各種差使和零用外，只夠買兩個多月的糧食，所以要接上四月大麥成熟，總還差一個多月。大麥成熟後，搶著雇人插秧，不能不把大麥糊給雇來的人吃。大麥吃完後，接著吃小麥；小麥吃完後要接上早稻成熟，中間也要缺一個月左右的糧；這便靠母親和大姐起五更，睡半夜的「紡線子」，哥哥拿到離家八里的黃泥嘴小鎮市去賣。在一個完全停滯而沒落的社會中，農民想用勞力換回一點養命錢，那種艱難的情形，不是現在的人可以想像得到的。大姐能幹，好強，不願家中露出窮相，工作得更是拚命。村子的人常說「他家出女兒不出兒子，幾代都是這樣」。因為早死的姑母也是如此。我還記得的一次，家裏實在沒有任何東西可吃了，姐姐又不肯向人乞貸，尤其是不願借叔父的；她就拿鐮刀跑到大麥田裏，找快要成熟的，割了一抱抱回家，把堂屋的一張厚木棹子側臥下來，用力將半黃的大麥穗，一把一把地碰擊到側臥著的棹面上，把麥子碰擊下來；她一面碰擊，一面還和我們說著笑著。母親等著做麥糊的早飯。

五

我們四圍是山，柴火應當不成問題。但不僅因我家沒有山，所以缺柴火；並且因為一連幾個村子，都是窮得精光的人家佔多數，種樹固然想不到；連自然生長的雜木，也不斷被窮孩子偷得乾乾淨淨。大家不要的，只有長成一堆一堆的「狗兒刺」及其他帶刺的藤狀小灌木。家裏不僅經常斷米，也經常斷柴。母親沒有辦法，便常常臨時拿著刀子找這類的東西，砍回來應急；砍一次，手上就帶一次血。燒起來因為剛砍下是濕的，所以半天燒不著，濕烟熏得母親的眼淚直流。一直到後來買了兩塊山，我和父親在山上種下些松樹苗，才慢慢解決了燒的問題。分得的一點地，是用來種棉花和「長豆角」的。夏天開始摘長豆角，接上秋天撿棉花，都由母親包辦。有時我也想跟著去，母親說「你做不了什麼，反而討厭」，不准我去。現在回想起來，在夏、秋的烈日下，悶在豆架和棉花灌木中間，母親是怕我受不了。我們常常望到母親肩上背著一滿籃的豆角和棉花，彎著背，用一雙小得不能再小的腳，篤篤地走回來；走到大門口，把肩上的籃子向門蹬上一放，坐在大門口的一塊踏腳石上，上掛汗得透濕，臉上一粒一粒的汗珠還繼續流。當我們圍上去時還笑嘻嘻地摸著我們的頭，撿幾條好的豆角給我們生吃。在我的記憶中，只有當我發脾氣，大吵大鬧，因而挨父親一頓狠打時，母親才向父親生過氣。卻不曾因為這種生活而出過怨言，生過氣。她生性樂觀，似乎也從不曾為這種生活而發過愁。當她拿著酒杯，向房下叔嬸家裏借點油或鹽，以及還她們的一杯油一杯鹽時，總是有說有笑的走進走出。母親大概認為這種生活和辛苦，是她的本分。

六

辛亥革命的一年，我開始從父親發蒙讀書，父親這年設館在離家三里的白洋河東嶽廟裏。在發蒙以前，父親看到我做事比同年的小孩子認真，例如一群孩子上山砍柴（實際是冬天砍枯了的茅草），大家總是先玩夠了，再動手。我卻心裏掛著母親，一股正經的砍；多了拿不動，便送給其他的孩子。放牛決不讓牛吃他人的一口禾稼，總要為牛找出一些好草來。又發現我有讀書的天資，旁的孩子讀三字經，背不上，我不知什麼時候聽了，一個字也不認識地代旁的孩子背。所以漸漸疼我起來。

這年三月，不知為什麼，怎樣也買不到米，結果買了兩斗豌豆，一直煎豌豆湯當飯吃，走到路上，肚子裏常常咕嚕咕嚕地響，反覺得很好玩。到了冬天，有一次吹著大北風，氣候非常冷，我穿的一件棉襖，又薄又破了好幾個大洞；走到青龍嘴上，實在受不了，便瞧著父親在前面走遠了，自己偷偷地溜了回來。但不肯把怕冷的情形說出口，只是倒在母親懷裏一言不發的賴著不去。母親發現我這是第一次逃學，便哄著說，「兒好好讀書，書讀好後會發達起來要做官的」。我莫名其妙的最恨「要做官」的話，所以越發不肯去。母親又說，「你父親到學校後沒有看到你，回來會打你一頓」。這才急了，要母親送我一段路，終於去了。可是這次並沒有挨打。父親因為考了二三十年沒有考到秀才，所以便有點做官迷，常常用做官來鼓勵我；鼓勵一次，便引起我一次心裏極大的反感。母親發現我不喜歡這種說法後，便再也不提這類的話。有時覺得父親逼得我太緊了，所以她更不過問我讀書的事情。過年過節，還幫我弄點小手腳，讓我能多鬆一口氣。十二歲我到縣城住「高等小學」，每回家一次，走到塘角時，口裏便叫著母親，一直叫到家裏，倒在母親懷裏大哭一場；這種哭，是什麼也不為的。十五歲到武昌住省立第一師範，寒暑假回家，雖然不再哭，但一定要倒在母親懷裏嗲上半天的。大概直到民國十五年以後，才把這種情形給革命的氣氛革掉了，而我已有二十多歲。我的幼兒帥軍，常常和他的媽媽嗲得不像樣子，使他的兩個姐姐很生氣；但我不太去理會，因為我常常想到自己的童年時代。

以後我在外面的時候多，很難得有機會回到家裏。即使回去一趟，也只住三五天便走了。一回到家，母親便拉住我的手，要我陪著她坐。叔嬸們向母親開玩笑說，「你平時念秉常念得這厲害；現在回來了，把心裏的話統統說出來吧」。但母親只是望著我默默地坐著，沒有多少話和我說；而且在微笑中，神色總有點黯然。我的世面見得多了，反而形成母子間的一層薄霧，這就是我所能得到的文化。

七

民國三十五年五月初，我由北平飛漢口，回到家裏住了三、四天。母親一生的折磨，到了此時，生命的火光已所餘無幾；雖然沒有病，已衰老得有時神智不清。我默默地挨著她一塊兒坐著，母親乾枯的手拉著我的手，眼睛時時呆望著我的臉。這個罪孽深重的兒子，再也不會像從前樣倒在她懷裏，嗲著要她摸我的頭，親我的臉了。並且連在一塊兒的默坐，也經常被親友喚走。我本想隱居農村，過著多年夢想的種樹養魚的生活。但一回到農村，親戚朋友，左鄰右舍，都是千瘡百孔。而我雙手空空，對他們，對自己，為安排起碼的生活也不能絲毫有所作為。這種看不見的精神上的壓力，只好又壓著我奔向南京，以官為業。此時我的哥哥已經在武昌住醫院。我回到南京不久，哥哥死在武昌了，以大三分的利息借錢托友人代買棺材歸葬故里，這對奄奄一息的母親，當然是個大打擊。此後土崩瓦解，世局滄桑，我帶著妻子流亡海外。當時估計，我家此時已由中農昇進到富農（這都是用共產黨所定的標準），但絕對沒有資格當地主。弟弟和侄兒侄女們，應當憑勞力在自己的故鄉生存下去；而我的內心，是深以出外逃亡為悲痛的；所以勸他們都安心留在故鄉不動。等到知道三十八年十月，已被掃地出門，使全家

「白天無一碗一筷，夜間無一被一單」（弟弟展轉寄到的信上的話）母親當然迅速倒下，而我也由此抱終天之恨，與鄉土永隔，連母親有沒有墳墓，也不得而知了。

《明報月刊》　一九七〇年三月

到香港後，與弟弟侄兒們連絡上了，才慢慢知道，我們的土磚房子，折了作「水庫」；從祖父祖母起葬在山上的墳，一起被挖掉了。

一九八〇年六月十一日　補誌

春節懷舊

一

自從各色各樣的革命革新人物得勢以來，數千年來，與勞苦大眾的生活情調，融合在一起的「年節」，被逼得走頭無路，先委曲地稱為「舊年」。現在再退一步，只好稱為「春節」了。春節云者，即是我們勞苦大眾過了幾千年的年節。

風俗由人民生活的積累而成；人民生活的意味也是具體地浮雕在風俗裏面。抹煞社會的風俗，即是抹煞了人民具體生活的意味，使人民只成為工具上的數字，這是很殘酷的事情。我出生在窮困的農村。農村自富農以下，都是成天的在生產工具上打轉。平時見不到酒肉，見不到娛樂，也沒有親朋來往，甚至臉上也沒有笑容。這一切，只有在節日裏才有其可能，尤其是「過年」的大節日。人不僅是為勞働而存在，也是為享受自己的勞働而存在。把勞働和對勞働的享受結合在一起，這才是「人的生活」。而農村的勞苦大眾，只有在節日裏，尤其是在過年的年節裏，才有享受自己勞働的機會，才能作為一個完整的人的存在，把生命生活的意義，從各方面表現出來。因此，節日，尤其是年節，是風俗的集結點。

我這裏，特別提出農村的勞苦大眾，只是說明一個事實，而不是想裝作摩登進步的架式。過去的地主豪紳，乃至都市的富商大賈，再加上政府的達官貴人，過的是「天天獻歲，夜夜元宵」的生活；年節對於他們，只不過是多餘的點綴。有如因糖菓吃得太多而鬧牙痛的孩子，再請他吃糖時，口頭上說聲「謝謝」，心裏面卻感到為難。即使是住在大都市的勤勞大眾們，可以得到年節的休閒；但五光十色，平時已經見慣，很難領略到年節由熱鬧而來的一番歡悅。只有成天在田地山林沼澤中工作的勞苦大眾，有如一年吃不到一次糖的孩子，偶然遇到的即使是粗糖，對甜味才有真的感情，才有真的享受的感覺。因此，我認為，只有農村勞苦大眾所過的年，才真能算是過年。只有農村過年的風俗，才真能表現人民活躍的生命。

過去的詩人文人們，對這類的風俗，遠自三百篇，還有的加以歌詠，有的加以記載。到了現在，有的則站在雲頭上呼風喚雨，破舊立新。有的則在用典雕龍，或裝洋畫鬼。由勤苦大眾的生命生活所形成的風俗，快埋葬以盡了。只有像我這種沒出息的人，才偶然漂浮著一點輕嵐薄霧。

二

秋收冬藏，照道理說，冬天農村是休閒的季節。但真正有點休閒意味的只是農曆的十一月，我們鄉下便稱為「冬月」。因為此時的豆麥已經播種，即使是半自耕農或佃戶，也不愁吃的糧食。但到了農曆十二月臘月，許多人已是開始掙扎在糧食問題，債務問題裏面，氣氛便非常緊張了；一直要緊張到除夕才鬆一口氣。

即以小康之家而論，為了年節作準備，家長和兒女們的心情，也不一樣。下面的一首歌，正是兩種不同心情的反映。「新年到，是冤家。男要帽，女要花，媳婦要勒兒走娘家」男、女、媳婦的這點要求，在一年中，只有新年時才可以提出，家長們只好全力以赴，使兒女們在新年中得到一分喜悅。

到臘月底，要為年節特別準備食物，最特出的是三粑，即是糍粑、印子粑和豆渣粑。糍粑即是年糕，多半作款待客人之用。印子粑是把沾米粉揉好後，按入在各種雕花的模子裏印出來的；一做便是幾百個，這主要是留給自己吃的。但初一初二初三的三天也用來打發給乞丐。過年做豆腐多下來的豆渣，地主們是用來餵豬的，但富農以下，多當作菜來使用，過年時也做成粑，以補印子粑的不足。

到了除夕這一天，全村的兒童，都歡天喜地的出來作大掃除的工作，貼紅紙春聯更是大家搶著做的。除夕吃完了「團年飯」後，全家大小都圍在火爐邊「守歲」。此時討債的人也不能討債了。並且各家把大門早早關上稱為「封門」，以表示這一年的結束。一直等到五更左右，按照日曆上所說的吉利時辰在爆竹聲中把大門打開，向大吉大利的方向祭天祭地，以慶祝一年的開始。這稱為「出方」或「出行」，還貼上「出行大吉」的紅紙條。我的印象，農村的勞苦大眾，只有除夕才是最平安的一晚；有了這樣的平安的一晚，元旦才像個元旦，新年才像個新年。而定下一到除夕便不能向人討債的規矩的人，大概真正是人民最偉大的領袖了。

三

元旦早上是要向親長們拜年的，從自己村子裏，可以拜到鄰近的同宗的村子。小孩子開始可以盡情的玩；但最怕一個不小心，見人說出了不吉利的話，壞了人家一年的兆頭。因此，新年時口裏所說的話和平時有點不一樣。好在大家知道，要孩子不亂講話，是一件難事，所以先貼上「不禁童言」的紅紙條，作為一種預防措置。

彼此見面拱手時最吉利的話是「恭喜發財」。還有窮極無聊的人，在新年的頭三天，敲著一面小鑼，向人家送財神菩薩，人家便得給他一點零錢或食物。印在粗糙黃紙上的財神菩薩也和現世的財神菩薩一樣，有些面貌可憎，但這是新年中的事物，大家只好忍耐。

從初一到十五，是一年中穿得最好的，吃得最好的半個月。頭三天甚麼活也不作；三天過後，也只做點輕鬆的活。龍燈、採蓮船、大頭包、打獅子等遊藝節目，農村裏也只有此時才一齊出動。親戚朋友，只有在這幾天才有一番來往應酬。一年的勞苦，換下這半個月的休閒歡悅，所以這是真正的歡悅，是人作為是一個人，所必不能少的一點歡悅。而這些歡悅，只是出乎勞苦大眾生命的要求，在集體生活中，日積月累的積累起來的；所以一旦展現出來，便與他們的生命連結在一起，使他們的生活，得到一時的舒展，為了再勞苦，準備了新的精力。假定老百姓連這點歡悅都沒有了，連這點歡悅，也受到飛天夜叉的蹂躪，還有甚麼道理可講呢？

《華僑日報》　一九七五年二月十六日

春蠶篇

我的故鄉，不是蠶桑區城。但一到每年的蠶月，村裏的姊妹們，都聚精會神的用小筐小籃，各人養著百把幾十個蠶。從孵卵起，她們整天做的，說的，想的，都是為了各人所養的這一撮小動物。有時拿出來互相比較，「你看，我這個長得多麼旺呀！」她們似乎覺得每一個蠶都是隨著自己的希望、喜笑而生長。一直到蠶上了小小的架子，開始搖著頭來吐絲，大家心裏才感到輕鬆，但每天還要去看幾次。一下子發現已經是亮晶晶的或黃或白的繭了，那種歡天喜地的情形，只有我們陪著幫過閒的小孩子們，到現在還可以在追憶中彷彿一二。繭摘下來以後，到底作了什麼用場，我倒說不清楚。因為父母伯叔們，總是把這一個蠶月分給姊妹們作私房（私房是私人的存積），姊妹們可以隨意處理，很少打算在家計之內。我們故鄉的蠶，與其說是被姊妹們養大的，到不如說是被她們欣賞大的，更為適當。所以在我心目中的蠶，這是幾千年，甚至是幾萬年，由中國女兒們的心，由中國女兒們的魂，所共同塑造成的最高藝術。是中國女兒們純潔高貴的心與魂的具像化。沒有參加過這一偉大民族藝術塑造工作的摩登女人們，我除了到化粧店裏去了解你們以外，你們還能給我了解一些甚麼呢？

壯年時代，我曾在浙江住過三年，這才是中國有名的蠶絲出產地。我曾看到綠蔭似海的桑田，也曾看到高烟囱林立的繅絲工廠，又看到一些改良蠶桑的意見書，卻沒有看到蠶，更沒有看到鄉下養蠶的女兒們的實際活動。在我的腦子裏，覺得江浙的蠶只是特產，只是經濟，只是商場，只是工業，而不是藝術。女兒們純潔高貴的心魂，早被商人的算盤，經濟家的計畫，污濁得一乾二淨；我不能回憶它，我不願回憶它。在我腦子裏的春蠶，永遠只許它和「女桑」「香閨」綰帶在一起的。

春蠶在我生命中另一個永遠不能抹掉的痕跡，是由李義山「春蠶到死絲方盡」的一句詩刻上的。這是十幾歲似懂不懂的時候所喜愛的一句詩，現當遲暮之年，依然常在無端的悵惘中，無端的想起；而一想起之後，總是不知從什麼地方吹來一息凄惻的微風，使我的心情得到一兩小時的寂靜。這句無題詩，為什麼對我有這樣一股永恆的魅力呢？我有時也私自嘲笑我是如此的不長進。

春蠶的絲，是從它自己的生命力中化出來的。它的生命力何以不消停在自己的生命之中，而一定要化成一縷一縷的絲，把它吐出在自己軀殼的外面？而且一直要到把自己的生命力化完吐完為止？這真是一個生命的謎，也是一個生命的悲劇性的謎。李商隱便抓住這樣的生命悲劇性的謎，來象徵他無可奈何的愛情；而愛情的本身，對於任何人，對於任何時代，都是無可奈何的，都是謎的，都是悲劇性的，都是從自己的生命力中化出來隨風飄蕩，不可捉摸而卻又是剪不斷，理還亂，並且一直要把它化完為止的。每個人接觸到這句詩，每個人便接觸到隱藏在自己內心深處的這一部分的生命力，所以這句詩的魅力，只是每個人生命的魅力。生命力的魅力無窮，這句詩的魅力，作為這句詩的春蠶的魅力，也是不盡。

一般人，容易把「愛」和「感情」混淆在一起。其實，不僅「感情」不是「愛情」，所以再好的朋友，也只能說彼此有深厚的感情，卻不能說彼此有深厚的愛情。即使是「父子之愛」，「母子之愛」，或「偉大的母愛」，若把「愛」字下面加上一個「情」字，便自然感到不很妥當。在這些地方，「愛」，和「愛情」的分別是很顯然的。愛與情的混淆，常是來自夫妻的關係。某某夫妻的情感很好，容易誤稱為某某夫妻的「愛情」很好。其實，再美滿的夫妻，也只能有「愛」，而決不能有「愛情」。愛情與夫妻，是勢不兩立的兩種情景。夫妻一開始，愛情便死亡；繼著而來的，只是在「愛情」的尸體上所蛻變而成的一般人所說的「愛」。

愛和愛情的分別在什麼地方呢？「愛」的內容是單純的，情境是明朗的，味道是甜甜的，情意是歡笑的；並且愛是可以清楚的意識得到，而又可以把握得住的。美滿的愛，好似一篇美滿的散文，它的條理、情調，我們可以清清楚楚的說了出來的。「愛情」的內容卻經常是混沌、矛盾的，情境是如在醉中，如在夢裏，曖昧難明。使人有時覺得它是在自己生命之中，有時又覺得它是遠離生命而他去。味道是甜酸苦辣的雜拌，情意是悲歡離合的混合。人永遠不會意識到它；當你意識得到它時，它已經隨風飄去；人永遠想把它抓住，卻又永遠抓不住它，所以只有化出全部的生命力去作無窮的追逐，一直追逐到生命的天涯。因此，沒含有矛盾混亂的不是愛情，沒有甜中帶苦，笑中帶淚的不是愛情；不是如醉如夢，於不知不覺之中，拋擲出自己全部生命力的不是愛情。夫妻們剛剛接完了一個吻，立刻浮上柴米油鹽的問題，這如何可以說是愛情呢？我們原始的生命力，常常被普通的理智之光而弱化，而淺薄化了，只靠了愛情才能把這種浮光掠影的理智，唾棄在一旁，讓原始的生命力和盤托出，以完成它自己。蠶的尸體是用它自己生命力所化出的絲來包裹，這比用其他任何東西來包裹更為莊嚴。人的尸體也應當用它自己生命力所化出的愛情來包裹，這才證明人性的崇高偉大。哥德為了要表現這一點，所以著手寫下一部「少年維特的煩惱」，並且因此而造成少年維特的風潮。其實，十多萬字的小說所要表達，所能表達的，並沒有比這「春蠶到死絲方盡」的七個字的詩多出一點什麼。現代人的生命，被機器、被權利慾，薰染得已經僵化了。這些人，只有「撒野」，決沒有愛情，更不能從原始生命力中流出一滴眼淚。於是春蠶的位置，只好讓人造絲、尼龍等等來代替了。

一九八一年元月十九日誌於九龍

一九五七年三月二日《新聞天地》第十三期第十號

有關熊十力先生的片鱗隻爪

此次在港，看到有朋友紀錄熊先生的逸事，引起我不少的感想。我對先生追隨日淺，只有片斷的印象，所以自他去年五月二十三日先生去世後，一直遲疑不敢動筆寫點什麼。但轉念再過些時，會連已經開始模糊的片斷印象也會忘掉，這便太辜負先生對我的期望。我沒有記日記的習慣，而記憶力又差；此處所記的有關年月，可能小有出入。但不敢為半點無根之談。其因誤記而有錯誤及遺漏的地方，希望先生其他門人加以補正。

一九六九年十二月二日　於香港新亞書院

一

我開始知道熊先生，是從友人賀君有年的口中得來的。賀君貧苦力學，文字及人品，均堪敬佩。他家與熊先生的故居黃崗但店附近的黃土㘭，相距很近。我雖然是浠水縣人，但家都是在兩縣交界之地，和先生的故里相距僅約十公里。可是從來不知道先生的姓字。民國十六年，陶子欽先生任第七軍某師的師長，林君逸聖任師部參謀長，賀君因林之推薦，在師部任秘書，我在師政治部任宣傳科長（師政治部主任為盧蔚乾先生，人極精幹，長於草書），與賀君來往頗密。有一次，遊南京雞鳴寺，我作了一首七律詩給他看，他和了一首；但當面告訴我：「以我所知道的你的文名，詩不應當只做到這個樣子，很有點使我失望」。他這種對朋友的坦率態度，使我至今感念不忘。這年秋天，胡今予先生與白崇禧先生鬧著意見，負氣住在上海。胡所率領的剛成立不久的第十九軍和第七軍的一個師，暫由陶先生指揮，在南京附近的龍潭，與渡江的孫傳芳部，打了一個狠仗，孫部被殲，陶先生指揮的部隊，也犧牲慘重。當開追悼會時，賀君作了一副輓聯，順便記在這裏，以表示對這位朋友的懷念。

龍潭一役，關黨國興亡。劇憐碧血橫飛，電掣雷轟攻背水。
馬革裹尸，是男兒志事。長祝青燐無恙，風淒月黑繞中山。

這年夏天，軍隊駐在蕪湖的時候，有一次晚飯後（當時軍隊一天吃兩餐，大概早上九時吃早飯，下午四時半吃晚飯），我們坐蕪湖有名，但並無風景可言的赭山（山名恐有誤）的山腰聊天，賀君在談天中，大大推服「熊子真先生」，說他如何精於佛學，精於先秦諸子之學。文章寫得如何好。又說他和石蘅菁張難先都是好朋友；陳銘樞以師禮事之；蔡元培先生亦甚為推服，但他決不做官種種。更談到他狂放不羈，侮嫚權貴；年輕時窮得要死，在○○山寨（此山寨壁立千仞，風景極佳，我常從下面經過。賀君並念他自己遊此山寨的詩，有「古寺荒涼絕人跡，我來天地正秋風」之句）教蒙館，沒有褲子換，一條褲子，夜晚洗了就掛在菩薩頭上。我當時只是聽著笑著，覺得很有意思，但沒有引起進一步的感想。老實說，當時我非常自滿，又不知學問為何物，自然引不起對學問的關心。

二

從民國三十二年起，我住在重慶南岸黃角埡，與陶子欽先生時相過從。大概是三十三年春，在陶先生處看到熊先生所著新唯識論語體文本的上冊，我借來隨意翻閱，發現此書構思之精，用詞之嚴，及辯證之詳審，與夫文章氣體之雄健，重新引起賀君對我所說的回憶，便進一步打聽他老人家的情形，知道此時正住在北碚金剛碑勉仁書院；我便寫了一封表示仰慕的信寄去。不幾天，居然接到回信，粗紙濃墨，旁邊加上紅黑兩色的圈點，說完收到我的信後，接著是「子有志於學乎，學者所以學為人也」兩句，開陳了一番治學做人的道理。再說到後生對於前輩，應當有的禮貌，責我文字潦草，誠敬之意不足，要我特別注意。這封信所給我的啟發與感動，超過了新唯識論。因為句句堅實凝重，在率直的語氣中，含有磁性的吸引力。當然我立刻去信道歉，並說明我一向不能寫楷字的情形。這樣通過幾次信後，有一天先生來信說我可以到金剛碑去看他。我去後，他告訴我，「勉仁書院是梁漱溟先生主持的，有書院之名，並無書院之實。因梁先生經常在外，我只是在這裏借住。」我看，環境很幽美，架上有梁先生的若干線裝書。師母住在相隔約三百公尺遠的地方。先生說，「要做學問，生活上應和妻子隔開」。後來有一次手指著我說，「你和太太小孩子這樣親密，怎能認真讀點書。」不過，先生有時以低沉有力的語氣遠遠指著師母背後向我說「這個老婦人呀！」，說這一句後，再沒有下文，可能先生是有點懼內的。有一次，我做夢在故鄉過舊曆年，先生在我家裏忙著寫春聯，醒後便用元遺山呈蘇內翰詩的韻，做了一首詩寄給他老人家；他老人家得詩大喜，復書有謂「但願能太平鄉居，來汝家寫春聯也。」

三

大概在民國三十四年春天，我去金剛碑看先生，臨走時，送我送得很遠，一面走，一面談，並時時淌下眼淚。下面所記，是殘缺不全的當時先生告訴我的一些話。

「我家非常貧苦。先父篤學勵行，不善謀生（按好像沒有得到秀才）。並在我八九歲時就死去了。未死以前，早晚教我讀一點書。死後，既無力從師，又沒有什麼生活事情給我做，便常背著稱（秤），隨著哥哥在鄉下賣黃瓜魚（按這是長三、四寸的一種廉價的鹹魚）。就這樣浪蕩了幾年。我有一位長親（按先生當時說了姓名，已忘記。）看到我這種情形，常常痛惜地說：『××（按指先生的父親）一生忠厚，有個好兒子，卻就這樣地糟蹋了』。離我家不遠的地方有位何先生（按先生當時說了何先生的名字，我忘記了。我小時，常常聽到先父提起何家寨有位何炳黎先生號昆閣，以舉人留學日本，學問很好，不知是否即係這位先生），當時聲名很大，學問很好，鄉下有錢的人，常出重金聘請教授自己的子弟。我的那位長親，和何先生談到我，這位何先生說可以到他教書的地方搭學（按主要是教出高聘金者的子弟。其他子弟則稱為「搭學」，乃附讀之意），不要學錢。我去搭學後，何先生對我的啟發性很大，進步很快。同學二、三十人，我的年齡最小；但開始作文，何先生對我作的，總是密圈密點，許為全校第一，這便引起年長的同學的反感，尤其是那位富家子的反感，常常譏笑我說：『這個模樣就是第一呀！』，有一次我忍耐不住，當他又到我面前譏笑時，我在桌上一巴掌，『老子是第一，你便把老子怎樣？』大鬧一頓。鬧完之後，正是六月左右，家裏也沒有米送來吃飯，我便休學回家。我一生真正只讀這半年書。當離校時，何先生流著眼淚送我，安慰我，勉勵我，要我自己不斷努力。現在回想起來，這位何先生實在是有學問的，他是我的恩師。我要為他寫篇傳，因為他生平有些情形我不清楚，所以一直沒有寫。」

先生說上面一段話時，黃豆大的眼淚，不斷地從眼角掉了下來。先生繼續說：

「回家後，貧無所事。自己也瀏覽點篇籍，但不能以此為常課。不過文章出於天賦，鄉人也漸漸知道我的文章寫得不錯。貧極無法自存，乃約了五、六個孩子，在一個山寨的破廟上教蒙館（按即賀君所述者）。後聞武昌募新軍，遂投身入伍，入伍後與王漢等數人謀革命（按王漢以謀刺鐵良未成身死，先生有「王漢傳」，文甚悲壯），幾死者數，逃歸故里。辛亥革命，以首義論功，派為都督府參謀。（一說，先生是在本縣黃岡策動反正，在黃岡縣之臨時機構中任參謀。與我所記憶者有出入。）及裁軍之議起，我願意受資遣散。黃岡人稠地貴，拿的遣散費不足建立生事基礎。聞江西德安地廣人稀，魚米之鄉，乃往購置田宅，囑弟兄前來耕種，僅能糊口。此時我已三十多歲，開始認真讀先秦諸子之書。中間曾往廣州，想繼續參加革命事業。大家住在旅館裏，終日言不及義，亦無所用心。我當時想，由這樣一群無心肝的人革命，到底革到什麼地方去呢？又憤然回到德安，攻苦食淡。住在武漢的某君（按先生當時說有姓名，已忘記，可能是江蘇人）看到我與友人的通信，認為我有學問，能文章，遂介紹到江蘇某中學（按當時亦說有地名校名，已忘記）教書。八月中旬起程，途經南京，稍停數日，聞有宜黃歐陽竟無大師，立支那內學院講唯識論，朝野推重。乃辭去中學教職，留南京請為弟子。當時在大師門下者多一時名士；以梁任公的大名，亦俯首居弟子之列。我以一寒傖材野之人，側居其間，當然不會受到大師的重視。我窮得只有一條褌子（按係中裝的長褌子），於就寢前洗滌，俟次晨乾時穿上。若次晨未乾，便只好穿一件空心長衫。後為同門所知，常以此取笑，為我取了一個諢名（按先生當時說是什麼道人，已忘記），但我日夜窮探苦索，不久開始草新唯識論，大師並不知道。有一年，北大校長蔡元培先生來南京晤歐陽大師，欲歐陽大師推薦一門人往北大教唯識論；大師請蔡先生自己選擇，蔡先生乃與院內同門分別接談；和我接談時，我出新唯識論稿，蔡先生大為驚嘆，遂面約赴北大為特約講師。我素不上教室，選課者來我住處講授。旋新唯識論初稿印出，內學院大譁，同門承歐陽大師之意，刊『破新唯識論』，我亦草『破破新唯識論』以應之。大師命門人不必繼續爭辯。新論得浙江馬浮先生一序，推許備至，遂引起學術界的注意。」

「因我治學太遲，自到內學院，轉北京大學，用力太猛，先得咯血症，旋又得漏髓病，氣體大耗，嚴冬不能衣裘烤火，乃在杭州養病。因曾參加革命，所以在政府中也有幾個好朋友，如石蘅青、張難先、陳銘樞等。在養病中偶然也談到政治問題。但我認為欲救中國，必須先救學術，必須有人出來挺身講學，以造成風氣。此意，蔡子民先生甚贊成，然亦始終無從下手。我讀書不博，許多構思甚久的東西，未能動筆寫出，這是使我心裏常常不安的。」

我因問到歐陽大師的情形，先生說：

「大師是豪傑之士。唯識自玄奘後，遽成絕學，沉埋千載；得大師起而振發之，遂使慧日重光，這當然是了不起的一件事。大師甚精選學（按指昭明文選），文辭沉雄桀崛，亦為當今第一人。但他是佛學中的漢學家，考據家。在義理方面有所不足，他的院訓及各經敘錄，當然是天壤間的大文章。」

先生又反復的說：

「天下汩沒於勢利，知識分子喪心病狂，真有使我發生將萬世為奴的感慨。一二人之力，單薄孤危，要挽救也無濟於事。黨人以勢利相結合，尤不可言。所以我常想，應當以講學結合有志之士多人，代替政黨的作用，為國家培植根本，為社會轉移風氣。你不要小看了講學的力量。朱九江先生（按先生平日談天中，盛推九江先生，謂其書札字字皆香，蓋因其人格高也），一傳為康南海之萬木草堂，卒以此振撼一個時代。楊仁山先生一傳而為歐陽大師，其所講者內學；然及門之盛，亦不可謂對時代無影響。天下事，是急功近利不得的。」

四

先生講完了上面的話，並叮囑謂「我少年的情形，在我未死以前，不必發表」。這意思，是要我在他死後發表的。當時在落日蒼黃中分手，先生所說的種種，一直在腦筋中翻騰上下，引起很複雜地感想。迄今二十多年，不僅我個人百無一成，連先生當時叮嚀鄭重的語言，也記憶得模糊不清了。

三十四年冬，先生到重慶候船東下，住在我家裏。小女均琴，剛剛三歲。先生問她

「喜不喜歡我住在你家？」「不喜歡」。「為什麼」？「你把我家的好東西都吃掉了」。先生大笑，用鬍鬚刺她的鼻孔說，「這個小女兒一定有出息」。

新亞書院哲學系的書櫃上，安置有放大了的先生半身照片，神采奕奕；當我坐在辦公桌上，即照臨在我的面前，一如耳提面命。辦公桌玻璃版下，壓放著影印的先生給唐君毅兄的短札墨跡，藉此機會，抄錄在下面：

「又告君毅，評唯物文，固不可不多作。而方正學、王洙、鄭所南、船山、亭林、晚村諸先賢倡民族思想之意，卻切要。此一精神樹不起，則一切無可談也。名士習氣不破除，民族思想也培不起。名士無真心肝，不求正知正見，無真實力量，有何同類之愛，希獨立之望乎。此等話說來，必人人皆曰，早知之。其實確不知。陶詩有曰，擺落悠悠談，此語至深哉。今人搖筆弄舌，知見多極，實皆悠悠談耳。今各上庠名流，有族類淪亡之感否。」

今日上庠名流，乃爭以族類淪亡為取利的手段；在現實上雖無賣國之權，乃以薄利出賣民族精神所寄托的歷史，一切按出錢豢養之主人的意志而加以歪曲，以迎合其深藏的禍心。此其毒，或較政治上之漢奸為尤酷尤慘。記述先生的志事，如深聞先生徨傍繞室時長嘆深喟之聲。則我為反對獎勵文化漢奸而遭洋奴土奴之侮辱，在這一點上，或尚可面對先生之遺照而稍無愧色。

《中華雜誌》第七十八號　一九六九年

舊夢・明天

（這是應自由談編者以「明天」為題所寫的）

「明天」，的確是一個動人的題目。儘管許多人說，「瞬間」，「剎那的瞬間」，才是我們生命的實體；偉大的詩人，便在於能把握住自己生命的瞬間，而加以表出。但我不是詩人，對於自己生命在剎那生，剎那滅的每一瞬間，總是糊塗地讓它過去；好像用手在水中捉月，到頭總是一無所有。因此，我也和許多人一樣，把一切的希望，都安放在「明天」。而一說到明天，當下所湧出的便是返歸故里的「舊夢」。

我的故里，是出浠水縣城北門再走六十華里路的團陂鎮、黃泥嘴、徐曫鳳、鳳形灣。因為「鳳形灣」太僻、太小了，所以每向朋友介紹時，已經成為習慣地，在它上面還要加上兩個地名。「鳳」有一個頭，並張著兩個翅膀。十一、二家的土磚房子，便分佈在張著翅膀裏面。一口水塘，淤塞的沙土，似乎從來不曾挑乾淨過。再前面，便是從右向左，一直延伸到一條小河的「大畈」，這是我們一連四個壪子生命所寄的稻田、麥田。正面對著我們壪子的有一個像饅頭樣的山——「鱣魚腦」；鱣魚腦上面，便是拔出於群山之上的「落梳峯」。大家都說曾有一位仙女坐在一塊平闊的大石板上梳過頭，卻一個不小心，將梳子掉下；所以石板上到今還留有仙女的腳印和梳子的痕跡。這個峯，像一口大鐘伏在地下，顯得特別秀整。在我以放牛、打柴為生的幼年，這裏是經常上下處所之一。此外還有上下得多的是「大山背」。不過，從我能記事的時候起，四個兒子的人，很少有一家能終年吃飽飯。除開春夏天的景色以外，有時，只是荒寒、破落；大家好像整年過著冬天的生活。

我十二歲到縣城讀高小，十五歲到武昌讀師範，這已經是四分之三離開我的故里了。北伐軍來後，一直到離開大陸，其中僅有幾次，偶爾回去住上兩三天。抗戰勝利，我真想永遠住在故里，過後半生身心乾淨的生活。但一回去，農村的百孔千瘡，簡直淹沒了天倫之樂和壪前壪後的草木的光輝；便又在自己精神的壓力下，逃避出來了。真的，我對自己的故鄉，一直是在逃避、拋棄。

但是一說到「明天」，自然感到這必須是和我的生命連在一起的事物。豈僅政治上受騙、騙人的一套，早從我的精神中，絕塵遠去；連走遍大半個中國所曾經留戀過的許多名都勝境，也都和我漠不相關。甚至連目前冥心搜討的所謂學問，也都漂在我生命的外面。我的生命，不知怎樣地，永遠是和我那破落的彎子連在一起；返回到自己破落的彎子，才算稍稍彌補了自己生命的創痕，這才是舊夢的重溫、實現。

父親、母親、哥哥，都已經磨折地死去了。嫂嫂、弟弟，不知道是否還在人間？我回去後，把離散了的侄兒侄女，重新團聚在老屋裏面，這是一件大事。我和受了現代教育的兒女，應作共同的努力，使我家裏乃至彎子裏的男女，能過著穀吃完後有麥吃，麥吃完後有穀吃；一年到頭有油鹽、有酸菜、青菜；客人來了，能買一塊豆腐，甚至一小瓦壺酒；每月初一、十五，過年過節，有點豬肉吃的這種生活。這是我們當時所希求的生活，也正是「明天」的本分而正常地生活。假使那時（明天）的政治還有點「人地」氣息，我將提議在團陂鎮開設一個苗圃，讓只要是山，便有樹木；只要是隙地，都是菓園。還要把半掩沒了沙土的池塘，挑得又深又廣，裏面養滿了鰱魚鯉魚乃至大頭魚。假使還有力量的話，要把三里以內的三條小河，在上游築成水壩，讓河水能流進每一家的田裏；河岸上都是密密地楊柳樹和其他的樹。

當然，返回故里的第二天，便應去看看在「羅家榜」埋著的祖父、姑母，十六歲便夭折了姐姐的墳，不知還是否存在？我的父親母親哥哥的墳，也預定安放在這裏，不知是否得到允許？假定這些墳已經被毀了，我也要作一種象徵式的恢復。然後在旁邊，為自己和妻，留下兩個穴地；並預先吩咐，在我死後的墓石上，刻下「這裏埋的，是曾經嘗試過政治，卻萬分痛恨政治的一個農村的兒子——徐復觀」三十個字。我流落在外面，常常想到「羅家榜」。這是一個小小山凹，沒有風水，也沒有值得說的景物。但在我四、五歲時，隨著父親到離家二里的「小河」私塾去玩時，從彎子左手青龍嘴，一直順著半山的小道走去，一定要經過這裏。到了八歲，在距家三里的白洋廟正式發蒙讀書時，也一定要經過這裏。以後將近有七、八年時間，寒暑假都起居在小河的村塾，每年有三、四個月的時間，都要經過這裏。每經過一次，眼睛自然會向路上邊的墳墓注視一次。十年多的歲月，這個山凹，不僅埋葬的是自己的親人，並且於不知不覺之間，也注入了自己的生命。假定每一個人，要有一個埋骨之所的話，這就是我「明天」埋骨之所了。

當我返回以後，希望還有能認識我的父老；而不相識的兒童，也不會把我當作仇人、敵人。假使原有和我小時同過學的朋友活著，有如「大山背」的陳六哥等人，那便是我明天的真正朋友。故鄉的習俗，在上元節的那一天，整年勞動的婦女，一大早，便結伴出外踏青。當我剛讀師範時，有一次，偶然在踏青節看到陳家的三位姐妹；一到現在，我覺得這三位女孩子，才代表了人間所能見到的最圓滿的女性。等我回去後，她們當然早已老了，或者已經死了；但我依然要打聽一番，或者去憑弔一下。我初看到她們時，回家後瞞著父親，曾偷偷地做了幾首打油詩，現在還記得「古佛拈花唯一笑，癡人說夢已三生」一聯。「明天」本來就是夢，我希望能在夢中說夢。

假使還有生活的閒暇，我便要補償宿願未償的故鄉山水的遊興。「斗方山」上的廟，石樑石瓦，聽說是神仙一夜中吹上去的，我要去。「小靈山」上聽說有位和尚種了不少桃樹，我要去。「天福寨」的天福寺，我曾經來往過一年；土壤和泉水非常的美好，我要去看看是否已經好好地利用？離我們十多里路的「桃樹壪」，有座「獅子山」，以前曾去過一次，看到幾個石洞、石壁上刻了許多字和神像；我要再去考證一番，知道一個究竟。至於「四望山」寨的「四望寺」，我要常常去借住的。這裏山勢崔嵬秀麗，夠得上「林泉之勝」；寺和寺裏的許多尊鐵佛，以及半山上的田產，都是我們先人捐出來的。我父親在裏面教過一年書；在武昌師範學校還沒有開學時，我曾住在寺裏。有一天，來了一位姓賀的朋友，寫得一手好字，於是大家提議，在門、窗、大殿、戲樓的柱子上面，要都貼上對聯；「初生之犢不怕虎」，由我作，由他寫，一口氣作了寫了二十多幅。記得其中有一聯是「松菊有緣，半笠烟霞還舊夢。聖芬不遠，五洲風雨共斯文。」除了這種「烟霞舊夢」，還有什麼值得稱為「明天」呢？蘇東坡在海外的詩，有「管寧投老終歸去，王式當年本不來」兩句，每讀一遍，輒為之悵惘不禁。但他畢竟是歸到他所願歸去的地方了。生於今日，不會「明天」永遠是「明天」吧！

一九六三年十二月七日於東大

《自由談》十四卷一期　一九六四年一月

學與思

我的讀書生活

我從八歲發蒙起，即使是在行軍、作戰中間，也不能兩天三天不打開書本的。但一直到四十七、八歲，也可以說不曾讀過一部書，不曾讀通一本書。因為我的讀書生活是這樣的矛盾，所以寫出來或者可以作許多有志青年的前車之鑑。

我不斷的讀書，是來自對書的興趣。但現在我了解，興趣不加上一個目的，是不會有收穫的。讀了四十多年的書，當然涉獵的範圍也相當的廣泛。但我現在知道，不澈底讀通並讀熟幾部大部頭的古典，僅靠泛觀博覽，在學問上是不會立下根基的。這即是我在回憶中所得的經驗教訓。

我父親的一生，是過一生的考，卻沒有考到一個功名的人；我父親要我讀書的目的，便是希望我能考功名。這一點曾不斷引起我的反感；也大大的影響了我童年的教育。一發蒙，即是新舊並進。所謂「新」，是讀教科書，從第一冊讀起，讀到第八冊。

再接著便是「論說模範」。接著，就讀「闈墨」。所謂闈墨，是把考舉人、進士考得很好的文章印了出來的一種東西。在這上面，我記得還讀過譚延闓的文章。

所謂舊的，是從論語起，讀完了四書便是五經；此外是東萊博議、古文筆法百篇、古文觀止、綱鑑易知錄，後來又換上御批通鑑輯覽。除易知錄和輯覽外，都是要背誦，背誦後還要複講一遍的。

上面新舊兩系統的功課，到十三歲大體上告一段落。這中間，我非常喜歡讀詩，但父親不准讀。因為當時科舉雖然早廢了，但父親似乎還以為會恢復的。而最後的科舉，是只考策論，並不考詩賦。有一次，我從書櫃裏找出一部套色版的聊齋誌異，正看得津津有味的時候，被父親發見了，連書都扯了燒掉。等到進了高等小學，脫離了父親的掌握，便把三年寶貴的時間，整整的在看舊小說中花掉了。這也可以說是情緒上的反動。

十五歲進了武昌省立第一師範學校，還是那樣的糊塗，當時我們的國文程度，比現在大學中文系學生的國文程度，大概高明得很多。尤其是講授我們國文的，是一位安陸的陳仲甫先生，對桐城派文章的工力很深，講得也非常好。改作文的是武昌李希哲先生。他的學問是立足於周秦諸子，並且造詣也很高。他出的作文題目，都富有學術上的啟發性。兩星期作一次文，星期六下午出題，下星期一交卷，讓學生有充分的構思時間。他發作文時，總是按好壞的次序發。當時我對旁的功課無所謂，獨對作文非常認真，並且對自己的能力也非常自負。但每一次都是發在倒二三名；心裏覺得這位李先生，大概沒有看懂我的文章；等到把旁人的文章看過，又確實比我做得好，這到底是什麼道理？好多次偷流著眼淚，總是想不通。有一次，在一位同學桌子上看見一部荀子，打開一看，原來過去所讀的教科書上「青出於藍而勝於藍」的一段話，就出在這裏，引起了我的好奇心，便借去一口氣看完，覺得很有意思。並且由此知道所謂「先秦諸子」，於是新開闢了一個讀書的天地，日以繼夜的看子書。因為對莊子的興趣特別高，而又不容易懂，所以在圖書館裏同時借五六種註本對照看。等到諸子看完後，對其他書籍的選擇，也自然和以前不同。有過去覺得好的，此時覺得一錢不值；許多過去不感興趣的，此時卻特別感到興趣。此後不太注意作文而只注意看書，尤其是以看舊小說的心情來看梁任公、梁漱溟和王星拱（好像是講科學方法），及胡適們有關學術方面的著作。到了第三學年，李先生有一次發作文，突然把我的文章發第一；自後便常常是第一第二。並且知道劉鳳章校長和幾位老先生，開始在背後誇獎我。我才慢慢知道，文章的好壞，不僅僅是靠開闔跌宕的那一套技巧，而是要有內容。就一般的文章說，有思想才有內容；而思想是要在有價值的古典中姙育啟發出來，並且要在時代的氣氛中開花結果。我對於舊文章的一套腔調，大概在十二三歲時已經有了一點譜子；但回想起來，它對於我恐怕害多於利。

我對於線裝書的一點常識，是五年師範學生時代得來的。以後雖然住了三年國學館，但此時已失掉了讀書時的新鮮感覺，所以進益並不多。可是奇怪的是：在這一段相當長的讀書期間，第一，一直到民國十五年十一月底為止，可以說根本沒有看過當時政治性的東西，所以對於什麼主義，什麼黨派，完全沒有一點印象。我之開始和政治思想發生關涉，是民國十五年十二月陶子欽先生當旅長，駐軍黃陂，我在一個營部當書記的時候，他問我看過孫文學說、三民主義沒有？我說不曾；他當時覺得很奇怪，便隨手送我一部三民主義，要我看，這才與政治思想結了緣。第二，我當時雖然讀了不少的線裝書，但回想起來，並沒有得到做學問的門徑。這是因為當時雖然有好幾位老先生對我很好，但在做學問方面，並沒有一位先生切實指導過我。再加以我自己任天而動的性格，在讀書時，並沒有一定要達到的目的；也沒有一個方向和立足點；等於一個流浪的人，錢到手就花掉；縱然經手的錢不少，但到頭還是兩手空空。

從民國十六年起，開始由孫中山先生而知道馬克思、恩格斯、唯物論等等。以後到日本，不是這一方面的書便看不起勁，在日本陸軍士官學校的時候，組織了一個「群不讀書會」，專門看這類的書，大約一直到德波林被清算為止。其中包括了哲學、經濟學、政治學等等。連日譯的「在馬克思主義之旗下」的蘇聯刊物，也一期不漏的買來看。回國後在軍隊服務，對於這一套，雖然口裏不說，筆下不寫，但一直到民國二十九年前後，它實在填補了我從青年到壯年的一段精神上的空虛。大概從民國三十一年到三十七年，我以「由救國民黨來救中國」的呆想，接替了過去馬恩主義在我精神中所佔的位置。從日本回國後，在十多年的寶貴時間中，為了好強的心理，讀了不少與軍事業務有關的書籍。這中間，現在回想起來還覺得十分悵惘的，即是民國三十一年軍令部派我到延安當連絡參謀，住在窰洞裏的半年時間，讀通了克勞塞維茲所著的戰爭論，但又從此把它放棄了。這部書，若不了解歐洲近代的七年戰爭及法國從革命到拿破崙的戰爭，以及當時德國從康德到黑格爾的哲學背景，是不可能完全了解它的。在延安讀這部書，是我的第三次。這一次偶然了解到它是通過那一種思考的歷程來形成此一著作的結構，及得出他的結論；因而才真正相信他不是告訴我們以戰爭的某些公式，而是教給我們以理解、把握戰爭的一種方法。凡是偉大的著作，幾乎都在告訴讀者以一種達到結論的方法，因而給讀者以思想的訓練。我看了這部書後，再回頭來看楊杰們所說的，真是「小兒強作解事語」。當時我已寫了不少的筆記，本來預定回重慶後寫成一書的；但因循怠忽，興趣轉移，使我十多年在軍事學上的努力，竟沒有拿出一點貢獻，真是恨事。但由此也可知道對每一門學問，若沒有抓住最基本的東西，一生總是門外漢。

我決心扣學問之門的勇氣，是啟發自熊十力先生。對中國文化，從二十年的厭棄心理中轉變過來，因而多有一點認識，也是得自熊先生的啟示。第一次我穿軍服到北碚金剛碑勉仁書院看他時，請教應該讀什麼書。他老先生教我讀王船山的讀通鑑論；我說那早年已經讀過了；他以不高興的神氣說，「你並沒有讀懂，應當再讀。」過了些時候再去見他，說讀通鑑論已經讀完了。他問：「有點什麼心得？」於是我接二連三的說出我的許多不同意的地方。他老先生未聽完便怒聲斥罵說：「你這個東西，怎麼會讀得進書！任何書的內容，都是有好的地方，也有壞的地方。你為什麼不先看出他的好的地方，卻專門去挑壞的；這樣讀書，就是讀了百部千部，你會受到書的什麼益處？讀書是要先看出他的好處，再批評他的壞處，這才像吃東西一樣，經過消化而攝取了營養。譬如讀通鑑論，某一段該是多麼有意義；又如某一段，理解是如何深刻；你記得嗎？你懂得嗎？你這樣讀書，真太沒有出息！」這一罵，罵得我這個陸軍少將目瞪口呆。腦筋裏亂轉著；原來這位先生罵人罵得這樣兇！原來他讀書讀得這樣熟！原來讀書是要先讀出每一部的意義！這對於我是起死回生的一罵。恐怕對於一切聰明自負，但並沒有走進學問之門的青年人、中年人、老年人，都是起死回生的一罵！近年來，我每遇見覺得沒有什麼書值得去讀的人，便知道一定是以小聰明躭誤一生的人。以後同熊先生在一起，每談到某一文化問題時，他老人家聽了我的意見以後，總是帶勸帶罵的說，「你這東西，這種浮薄的看法，難道說我不曾想到？但是……這如何說得通呢？再進一層，又可以這樣的想，……但這也說不通。經過幾個層次的分析後，所以才得出這樣的結論。」受到他老先生不斷的錘鍊，才逐漸使我從個人的浮淺中掙扎出來，也不讓自己被浮淺的風氣淹沒下去，慢慢感到精神上總要追求一個什麼。為了要追求一個什麼而打開書本子，這和漫無目標的讀書，在效果上便完全是兩樣。

自卅八年與現實政治遠緣以後，事實上也只有讀書之一法。我原來的計劃，要在思考力尚銳的時候，用全部時間去讀西方有關哲學這一方面的書，抽一部分時間讀政治這一方面的。預定到六十歲左右才回頭來讀線裝書。但此一計劃因為教書的關係而不能不中途改變。不過在可能範圍以內，我還是要讀與功課有關的西方著作。譬如我為了教文心雕龍，便看了三千多頁的西方文學理論的書。為了教史記，我便把蘭克、克羅齊、及馬伊勒克們的歷史理論乃至卡西勒們的綜合敘述，弄一個頭緒，並都做一番摘抄工作。因為中國的文學史學，在什麼地方站得住腳，在什麼地方有問題，是要在大的較量之下才能開口的。我若不是先把西方倫理思想史這一類的東西摘抄過三十多萬字，我便不能了解朱元晦和陸象山，我便不能寫「象山學述」。因此，我常勸東海大學中文系的學生，一定要把英文學好。

當我看哲學書籍的時候，有好幾位朋友笑我：「難道說你能當一個哲學家嗎？」不錯，我不能，也不想。但我有我的道理：第一，我要了解西方文化中有那些基本問題，及他們努力求得解答的經路。因為這和中國文化問題，常常在無形中成一顯明的對照。第二，西方的哲學著作，在結論上多感到貧乏，但在批判他人，分析現象和事實時，則極盡深銳條理之能事。人的頭腦，好比一把刀。看這類的書，好比一把刀在極細膩的砥石上磨洗。在這一方面的努力，我沒有收到正面的效果，即是我沒有成為一個哲學家。但卻獲到了側面的效果。首先，每遇見自己覺得是學術權威，拿西化來壓人的先生們時，我一聽，便知道他在什麼地方是假內行，回頭來翻翻有關的書籍，更證明他是假內行（例如胡適之先生）。雖然因此而得罪了不少有地位的人，使自己更陷於孤立；但這依然是非常重要的；因為許多人受了這種假內行的唬嚇，而害得一生走錯了路，甚至不敢走路，躭擱了一生的光陰、精力。其次，我這幾年讀書，似乎比一般人細密一點，深刻一點；在常見的材料中，頗能發現為過去的人所忽略，但並非不重要的問題；也許是因為我這付像鉛刀樣的頭腦，在砥石上多受了一點磨洗。

在浪費了無數精力以後，對於讀書，我也慢慢的摸出了一點自己的門徑。第一、十年以來，決不讀第二流以下的書。非萬不得已，也不讀與自己的研究無關的書。隨便在那一部門裏，總有些不知不覺的被人推為第一流的學者或第一流的書。這類的書，常常是部頭較大，內容較深。當然有時也有例外的。看慣了小冊子或教科書這類的東西，要再向上追進一步時，因為已經橫亙了許多庸俗淺薄之見。反覺得特別困難；並且常常等於鄉下女人，戴滿許多鍍金的銅鐲子，自以為華貴，其實一錢不值；倒不如戴一只真金的小戒指，還算得一點積蓄。這就是情願少讀，但必須讀第一流著作的道理。我從前對魯迅的東西，對河上肇的東西，片紙隻字必讀。並讀了好幾本厚的經濟學的書。中間又讀了不少的軍事著作；一直到民國四十一年還把日譯拉斯基的著作共四種，拿它摘抄一遍。但這些因為與我現時的研究無關，所以都等於浪費。我一生的精力，像這樣的浪費得太多了。垂老之年，希望不再有這種浪費。第二、讀中國的古典或研究中國古典中的某一問題時，我一定要把可以收集得到的後人的有關研究，尤其是今人的有關研究，先看一個清楚明白，再細細去讀原典。因為我覺得後人的研究，對原典常常有一種指引的作用；且由此可以知道此一方面的研究所達到的水準和結果。但若把這種工作代替細讀原典的工作，那便一生居人胯下，並貽誤終身，看了後人的研究，再細讀原典，這對於原典及後人研究工作的了解和評價，容易有把握，並常發現尚有許多工作須要我們去做。這幾年來我讀若干頗負聲名的先生們的文章，都是文采斐然。但一經與原典或原料對勘，便多使人失望。至於專為稿費的東西，頂好是一字不沾。所以我教學生，總是勉勵他們力爭上游，多讀原典。第三、便是讀書中的摘抄工作。一部重要的書，常是一面讀，一面做記號。記號做完了便摘抄。我不慣於做卡片。卡片可適用於搜集一般的材料，但用到應該精讀的古典上，便沒有意思。書上許多地方，看的時候以為已經懂得；但一經摘抄，才知道先前並沒有懂清楚。所以摘抄工作，實際是讀書的水磨工夫。再者年紀老了，記憶力日減，並且全書的內容，一下子也抓不住，摘抄一遍，可以幫助記憶，並使於提挈全書的內容，匯成為幾個重要的觀點。這是最笨的工作，但我讀一生的書，只有在這幾年的笨工作中，才得到一點受用。

其實，正吃東西時，所吃的東西，並未發生營養作用。營養作用是發生在吃完後的休息或休閒的時間裏面。書的消化，也常在讀完後短暫的休閒時間；讀過的書，在短暫的休閒時間中，或以新問題的方式，或以像反芻動物樣的反芻的方式，若有意若無意的在腦筋裏轉來轉去，這便是所讀的書開始在消化了。並且許多疑難問題，常常是在這一剎那之間得到解決的曙光。我十二、三歲時，讀來易氏，對於所謂卦的錯、綜、互體、中爻等，總弄不清楚，我父親也弄不清楚。有一天吃午飯，我突然把碗筷子一放：「父，我懂了。」父親說：「你懂了什麼？」我便告訴他如何是卦的錯綜等等，父親還不相信，拿起書來一掛掛的對，果然不差。平生這類的經驗不少。我想也是任何人所有過的經驗。

一個人讀了書而腦筋裏沒有問題，這是書還沒有讀進去；所以只有落下心來再細細的讀。讀後腦筋裏有了問題，這便是扣開了書的門，所以自然會趕忙的繼續努力。我不知道我現在是否走進了學問之門；但腦筋裏總有許多問題在壓迫我，催促我。支持我的生命的力量，一是我的太太，及太太生的四個小孩；一是架上的書籍。現在我和太太都快老了，小孩子一個一個的都自立了，這一方面的情調快要告一結束。今後只希望經常能保持一個幼稚園的學生的心情，讓我再讀二十年書；把腦筋裏的問題，還繼續寫一點出來，便算勉強向祖宗交了賬。

《文星》四卷六期　一九五九年十二月

從何寫起

提起筆來寫文章，實際是向無法見面或見面而不相識的人講話。比講話好一點的是，講得不中聽，在人情上，聽者也非耐聽不可，這樣便更使聽者厭煩，而講的人對聽者是在進行精神虐待。我當軍人，聽長官訓話；當公務員，聽主管訓話；在命定的公眾聚會中，聽名人講話；在教會學校，聽牧師講道，而實際也只是講話；對這種精神虐待的嚴酷性，實在領受得太慘了；所以，我才一關一關的逃出來。汪中在弔湘蘭文中道出自己的悲哀，認為他和這位名妓不同之點，僅在「差無床笫之辱耳」。我二十多年以來，一關一關的逃出，逃得顛沛流離，所換得的，只是差無「謹呈」之辱，聽訓之酷耳。文章寫得不中看，讀者可以乾脆不看。尤其是報紙在各種物件中，是變成垃圾最快的物件。報紙上的文章，一開始便與垃圾同其命運。所以在報紙上寫文章，較之向他人講話，就所加於對象的精神虐待這一點來說，責任似乎比較輕些。

為了保持自己與他人之間的寧靜，最好是甚麼也不寫，最低限度是少寫。萬一因許多原因而不能不寫，則對讀者的責任雖然比較輕，但對自己良心的責任卻感到相當重。這樣一來，「從何寫起」的問題，不期然而然地會成為一個有壓力性的問題。

動筆的時候，從表達「自我」對世界的感受寫起吧！但一念反省之間，發現我的「自我」，乃是在苦悶中掙扎的自我。在苦悶中掙扎的自我所感受的世界，是雜亂分歧而幽暗的世界。這值得寫嗎？有些人說，世界的光明道路，已擺在各人的面前，只待各人有勇氣走進去。但留心觀察，走進去了的不少人，可能也正在痛苦中掙扎。這便更使我胡塗了。因此，若是把這種狀態中的自我感覺寫出來，這正是「以其昏昏，使人昭昭」的勾當。

但回頭一想，各方面既都在掙扎，掙扎的本身並不能停下，而是要掙扎出一條正常人可以走下去的路。有這種可能嗎？不妨暫時把掙扎的點滴，紀錄下來，以待時間中的證驗。上面的話，未免說得太嚴肅了。此外，在實利支配一切的社會裏，假定能在文學藝術上，寫點從容不迫，意味深長，可供大家百忙中稍堪玩味的東西，也或許不至投到垃圾堆中成為最髒的垃圾。說到這裏，我又感到「寫」比「講」難得太多了。我自己能不能按照自己這份功課做下去，決沒有半毫自信的。

《明報・集思錄》　一九七二年五月六日　署名王世高

書與人生——向有錢者進一言

一

一九五一年春，我在日本住了四、五個月。當時日本還被盟國佔領，中國也有駐日代表團。代表團的團員們也都受到佔領者所能享受的優越待遇。清水董三先生，當時似乎還沒有什麼正式工作，所以常常陪著我參加若干社會活動，有如座談、講演之類，並有時間和我聊天。他的中國話，對中國文化的常識，及對朋友的耐心、周到，使我們之間，成了很親密地朋友。他的太太，曾親自做和服送給我。有一次，他以太息的聲調向我說，「徐先生這樣地愛書，在中國人中是很特別的。貴國代表團的許多先生，也和我有來往。他們家裏，各種最摩登的生活設備都有了，只是沒有書架，沒有書」。他的話，一直留在我腦筋裏；每一回憶，他聊天時慢條斯理地神氣，如在目前。儘管他夫婦兩位，已去世十多年了。

前兩三年，我忘記了是在日本的報紙或雜誌上，看到有在香港住了很久的一位日本人士寫的一篇雜感性的文章。裏面說到香港有錢人的家庭設備，都值得稱為豪華；只是沒有書櫃沒有書。我把這篇文章和清水先生向我講過的話，自然連結在一起，不知不覺的增加了我莫名其妙地嘆息。

當年能參加駐日代表團的人，都是在黨政中很活躍的人；他們都受過相當的教育。但對於書，卻隨他們進入到官場中，而不能不淡忘了，因為書與官場，在現代中國是全不相干之物，這一點，也反映出中國現代政治的本質。香港的有錢人，都是在商場上有能力的人。書對香港人所喜愛的「利市」而言，乃是不祥之物，尤其是要出門賭馬玩錢時，一看到書，聽到書，便立刻和輸贏的「輸」連在一起而神經緊張起來，怎麼會讓家中有書呢？除非像把「肝」稱為「潤」一樣，把「書」稱為「贏」，或者可稍減輕許多有錢人的心理障礙。

但中國舊社會則決非如此。「書香門第」，「詩禮傳家」一直受到社會的尊敬、嚮往。只要不是太窮，三字經、千家詩、四書、綱鑑易知錄這類的書，小康之家多半是有的。社會風俗中，對寫得有字的紙，必須撿起來。鄉下還有用石或磚做的小塔，上面刻著「愛惜字紙」四個字，是為了把不要的字紙拿到塔裏燒掉。我小時常聽到大人的教誡，「用腳踏字紙，會瞎眼睛的」。這種對文字近於迷信的尊重，對書的尊重，乃是數千年積累下來的對文化的尊重。這是歷史上經過許多黑暗時期，而依然能保持人的基本條件，不隨橫流以俱泯的重要原因之一。可是，這一切隨著革命的浪潮而蕩滌得乾乾淨淨了。尤其是文化大革命，把社會中所保存的文化意識，革得遠比秦始皇要徹底百千倍。中國人的生活，完全從書中解放出來了。十億中國人民的精神，真正成了水裏的萍根斷梗。

二

從大的趨向說，書的出產越多，書對人生的分量似乎越減少。就香港來說，現代化特徵之一，是報紙雜誌取代了書的地位。除圖書館外，報紙，雜誌，是翻完後就丟掉的，書在時間中有它的過去未來；報紙雜誌的壽命便只有當下的片刻。真的，現代人的生活，除了銀行的存摺外，都是當下的片刻性的生活。房地產是不動的，時間性較久的。但房地產變為投機對象後，買房地產也沒有「製業」的意味，也成為片刻性的東西。現代人，尤其是現代有錢的人，除了由銀行存摺表現他的生命的連續外，連一間好好地工廠，也要化為地產投機而將其片刻化了。怎能想到很難登記到存摺中去的書呢？越是有錢的人，越是消耗在片刻性生活的能力越大，連有價值的雜誌也不看，連報紙上與存摺無關的嚴肅性的新聞也不看，更何況於文學作品，更何況於線裝精裝的古典。這便是香港有錢人所代表的現代化的趨向。

對書的態度，大概和文化傳統的久暫有關係，越是暴發戶，越不知道有書。我曾看到一篇文章，說英國人很愛書，並且在第一次世界大戰前，英國許多人，很努力使自己有個小圖書館；但經過第一次世界大戰，尤其是第二次世界大戰，私人的住宅變小了，書多了便安放不下，不能不減少藏書的興趣。當然和公立圖書館的發達也有關係。

日本人的愛書，愛讀書，可能居世界第一位。我昭和三年（一九二八）春到日本留學，先在成城學校學日語時，有位六十歲左右的男工，是專門管燒熱水爐的；一年三百六十五天，只要他坐在爐子邊的破櫈子上時，總是手不釋卷。我留心他所看的東西，都是日本文學家的作品，尤其是菊池寬的作品。這是日本社會文化生活的共同象徵。「中央公論」在卷頭的畫頁中，有一個專題是「我的書齋」，每期刊出一位日本的學者、作家、藝術家、實業家們的書齋圖片，今年八月號，已經登到一五六位了，大概還要繼續刊下去。從圖片上看到各種各樣地書齋，真令人神往。僅就這一題材的選擇來說，也夠有芬郁地文化氣息了。這正與香港的有錢人作出明顯的對比。一般日本家庭中，沒有書架書櫃，沒有幾十冊以上的書，大概是找不出來的。

三

假定一個人的生活，不需要從書上找知識來支持的時候，此時書對於人的生活，會有甚麼意義？尤其是假定一個人在工作以後，並無暇讀書，讀也讀得有限，則買些書存放在家裏，又有甚麼意義？我想，真正了解這一問題的，要算毛澤東。大陸上在毛澤東領導之下，把民間的書，可以說是搜乾毀盡了。他為甚麼要這樣做？因他怕人民保存有書，便會不知不覺地受到書的影響，而充實了自己的人生觀，拓展了自己的人生境界，保持了自己辨別是非的標準與能力，使自己像一個人的樣子，不能全心全意地聽他的話。但聽他的話的結果，卻只是混亂、殘酷、黑暗。他的話是徹底失敗了，但他為了使人聽他的話所使用的手段，正反映出他了解到書對人生的意義。要毀滅人民自己的人生，便需要毀滅人民家裏的書。

書，尤其是古典性的書，都包含了人類生存的另一種時間空間的世界，包含了人生在各方面所展開的生活方式，生活意境，生活價值。就是隨便接觸一下，使人們知道除了自己現實生存的空間時間外，還有過去、現在、未來的許多空間時間。除了自己所有的及自己所看到的生活方式、意境、價值外，還有其他很多的生活方式、意境、價值。便於不知不覺之中，使自己的生命得到拓大，得到昇華，感到除了銀行存摺以外，人生還有些看不見，卻可以感受到，享受到的東西，並且讓自己的子孫看到書架或書櫃裏的書，使小孩子的心靈中印上「呀！還有這些東西啦」的印象，這即是對小孩子們的一種教養。而所費的不過是一次應酬費而已。

《華僑日報》 一九七九年八月二十一日

老覺淡粧差有味

宋人（一時忘其姓名）有首詠牽牛花的絕句，末兩句是「老覺淡粧差有味，滿身秋露立多時」。三十年來，不斷地想到這兩句詩。每一想到，便覺得滿身秋露，站在牽牛花前，低徊往復，悵惘不甘的這位老人，好像就是我自己；精神上彷彿澄汰了些甚麼，感受到了些甚麼。

淡粧是對濃粧來說的，也是對質樸來說的。濃粧，就時下說，頭髮堆得很高，眉毛安得很長，眼眶塗得很烏，臉上的粧底打得很厚，耳環吊得很長，唇膏塗得放光，香水噴得使人聞了要發暈，珠光寶氣，壓上「鳥雀之巢，可俯而窺也」的迷你裝；諸如此類，誰能承認這不是美？但這是刺激性的美；這是用化粧品壓蓋著整個生命，只讓生命凝結到「一點」的美。這種美，對青年壯年人來說，當然成為誘惑，由誘惑而瘋狂。但當一個人，由青而壯而老的時候，可能因經過刺激太多，不再感到這是刺激；或者因得到「五色令人目盲」的經驗，反因刺激而引起煩膩。偶在街頭相遇，濃粧美的擔負者對付老人的方法，固然是把眼皮向上一翻；而閱歷豐富的老人也彷彿在一瞥一瞬之間，便透視到濃粧裏面正包裹著些甚麼。此時的味，是胃病嚴重的人面對著紅燒蹄膀的味。質樸是粗頭亂服，毫不粧飾。此時的存在意義，乃是一個本來面目的意義，不一定是美的意義。若是以本來面目的意義而又兼有美的意義，這是千載難於一遇的大美。自此以下，可能便把質樸中所蘊藏的美，因粗頭亂服而埋沒掉了，這會使人世間歸於枯槁寂寞，或許可以說人世間是索然無味的。

淡粧是存在於濃粧與質樸之間的儀態。不是不粧，而只是淡淡地粧；既顯出了質樸中的美，又決不讓化粧品和服裝壓蓋了一個生命的本來純潔之姿。這是與心靈融和在一起的從容寧靜之美，這是沒有凸出的橫斷面，卻有深情遠意，讓人在這種深和遠的意境中，暫時突破人世間的各種局限，而通向微茫綿邈、物我皆忘之美。一個滿身瘡痍的老人，驟然與此相遇，把早應當放下而苦於無法放下的許多糾纏，不知不覺的一時都放下了；使自己的生命，隨著美的從容而從容，隨著美的寧靜而寧靜，隨著美的純潔而純潔；感到草草一生中，只有此時才真正忘記了自己，卻真正享受了自己。這種淡粧之美，也是可遇而不可求。而這位詩人，卻遇之於牆根架上的牽牛花，使他站在她面前低迴玩味，不惜霑上滿身的秋露。而我卻遇之於這位詩人的兩句詩，使我三十年來，反復微吟低唱，而不知其所以然。誰能從淡中發現美，誰能領略淡即是美，大概才夠得上談中國的藝術，才夠得上窺尋中國的藝術人生。

《明報・集思錄》　一九七二年五月三十日　署名王世高

現代藝術對自然的叛逆

在中國古代，認人與萬物皆為天所生，雖然覺得人是萬物之靈，但畢竟都是同一來源，同一性質的，所以容易與自然發生親和之感；因而在道德上、在藝術上，都表現出人與自然的諧和融合的境界。

一

在西方，中世紀的藝術，都是以神聖的精神為主題，認自然是一切異端之母。到了文藝復興時代，人與自然，開始有了密切的關係。所以克哈特在其所著的「文藝復興期之文化」的「風景美的發現」一章裏面說，「在人生內觀自然，在自然內看人生，乃近代之事」。這樣一來，自然便成為藝術創造的重要對象。

等到十九世紀的李普斯，倡導感情移入說，說明了看自然的人，與被看的自然之間，為什麼會發生親和融合的關係。馬克思・喜勒說得更親切：「沒有你（自然）我區別的體驗之流，在一開始時便這樣的流著。這是自他不相分離，而混為一體之流。人與其說是一開始是生活於自己之中，不如說是生活於自然之中。與其說是在自己個體之中生活，不如說是在共同體之中生活」。由此可以了解，藝術的創作，是成立於人與自然之間的接觸線上。而偉大的藝術品，常表現為人物兩忘，主客合一的境界。

二

現代最大的特性之一，是人的地位的動搖。這在現代藝術方面，便表現為「非人間」的性格。人大概永遠是大地的兒子吧；藝術既離開了人間，當然也要離開自然；於是在創造中的感情移入的衝動，也一步一步的轉向反自然方面去了。

抽象主義與超現實主義，是現代藝術中的兩大台柱。兩者出自同一的時代精神，卻來自兩種不同的線索，也摸索向兩條不同的途徑。所以雖然同是反對自然，卻表現為兩種不同的形態。

日人島崎敏樹在其「藝術與深層心理」一文中說：「由外界現象而給人以鉅大的內在不安時，結果便興起了向抽象的衝動。現象界在混沌不明瞭的狀態，使人感到不安，於是覺得能與人以安全感的是單純地線，或保有純粹幾何學地合法則性的形式。無法站在外物的正中間，而精神上成為無力的人們，不能在這種困惑狀態下繼續生存下去。適合於他們追求某種安定要求的東西，是從外界存在的無限變化流轉之中，脫離出來，將對象作為固定不動的東西，而加以「純化的抽象藝術」。「此種抽象過程，本是以主體地氣氛為地盤而發生的，所以是非常主觀地東西。縱使它能成為完璧地法則地圖形，也無關於合理地主知的發想」。以上，是所謂幾何的抽象主義。幾何的抽象主義，過於乾枯了、殭化了，便又有所謂抒情的抽象主義。抒情的抽象主義，我覺得在實質上是向超現實主義的靠攏。

三

超現實主義，就創派的布爾頓來說，實在是對向社會的意識，重於對向藝術的意識。他們是要求永久的「顛覆」，他們實際是「混沌主義」。為了表現他們所期待的非合理世界，便把自然物從現實中應有的地位與關連加以解脫，轉換到超現實地次元。而所謂超現實的次元，只是一任深層心理的迷迷糊糊地自動作用，這即是所謂「超現實地Automat（自動裝置）」。此種創作方法，正如他們在第二次宣言中所說的，一個人，拿著手槍，站在街頭，以群眾為目標，亂射一陣。他們用這種方法，要把社會變形，把人生變形，當然也要把自然變形。這種變形，是要把失掉了地位，失掉了自由，失掉了安全感的現代人的苦悶、煩燥、厭惡的感情，表現於他們的作品之上。

背叛了自然的藝術，同時便不能不是背叛了大眾的藝術。超現實主義的思想的背景是弗諾特的精神分析學；而抽象藝術的思想背景，卻是著有「抽象與感情移入」一書的渥斯林格。

四

渥斯林格在一九四八年出版的「現代美術問題」中，主要以抽象藝術為對象的說：大眾藝術與藝術家藝術，世俗藝術與行家藝術，在現代，成為完全難以融和的對立。大眾已經完全拋棄了現代美術的展覽會。現代這種狀況，並不是有意造成，而只是一種悲劇。此種悲劇，是因為創造的衝動，與「自然」這種典範所具有的權威之間，切斷了連繫的線索而開始的；這種藝術，是違離了自然的東西。從自然離開了的藝術，也不能不從大眾離開。

由此我們不難想到現代以特高的價錢，從此一豪富轉到另一豪富手中的有如畢卡索的抽象畫，正象徵了現代豪富者的性格。現代的豪富，正穿好壽衣，準備進入到他所應進入的地方去。

塞德爾馬阿，對於超現實主義說：「超現實主義者們，選取了混沌與幽暗之國，選取了血與腐敗和排泄物。在他們的世界中，是由背理，及人的墮落和冷淡所支配。他們的混沌，不是能生出生命來的自然地 khaos，而是頹廢地，及自然的 khaos」。

以上，是從另一方面來對現代藝術的反省思考。

《華僑日報》　一九六一年十一月五日

一　永恆的幻想

在許多民族中，月亮是至美的象徵。尤其是中國，該有多少詩人、詞人、畫家，把各種各樣的感情，和月亮交織在一起，而創造出無數地文學、藝術的作品。現在由探月工作得到了初步的成功，雖然人飛降月球，大約要在兩三年之後，但它的面貌，不僅不是至美，而且是非常之醜，則已經是可以確定的。於是伊朗有位詩人發出深重地歎息，認為至美的象徵破滅了。

其實，環繞於月亮的許多傳說，都是由直感所發出的一連串的幻想。知識的進步，使人類許多幻想，都一個一個的破滅。但這種破滅，決不會減少某一已經破滅了的幻想，在歷史為人類所達成的價值。並且，知識儘管進步，但新的幻想也會不斷地出現。

人類是生活於真實之中，同時也是生活於幻想之中。真實是永恆的，幻想一樣也是永恆的。這應當作怎麼的解釋呢？

二

在中國古代，太陽在人心目中的宗教性的地位，不僅較月亮為重要；而且由「夏日可長」「冬日可愛」之類的話來推測，似乎較之於月對人有更多的親切感。淮南子謂「月中有物者，山河影也；其空處海影」；這是二千年前的素樸的合理推測。但陰陽家和緯書，卻一步一步的把它神化起來。例如易乾鑿度只說「月三日成魄，八日成光，蟾蜍體就，穴鼻始萌」；這裏說的只是地上蟾蜍。春秋演孔圖卻說「蟾蜍月精也」，便一躍而成為月裏的蟾蜍。楚辭天問只說「顧兔在腹」，五經通義便說月中有勉與兔與蟾蜍，是表示「陰保為陽」。淮南子上說羿妻姮娥竊食不死之藥，「奔入月中為月精」，這是月亮真正美化的開始。張衡靈憲卻說姮娥竊藥奔月後「是為蟾蜍」，這把蟾蜍也大大地美化了。傅咸擬天問中說「月中何有？玉兔擣藥，興福降祉」；把兔說成長生不老之藥的製成者，它自然有了更大的吸引力。虞喜安天論說「俗傳月中仙人桂樹」，此說到後來大大影響了應舉的士子，使他們「有心欲折月中桂」。十洲記說「月養魄於廣寒宮」，此後便成為瓊樓玉宇的理想建築的象徵。酉陽雜俎說河西人吳剛，學道犯了過失，便罰到月中去砍那一棵傷而復合的桂樹，這便在一千多年前，中國已先美蘇而在月球登陸了。上面的一堆神話，恍惚迷離，連可資推論的理路也沒有。但月之成為至美的象徵，卻是以這些神話為基礎所建立起來的。騷人墨客，不會有一個人認真的相信這些神話；不過，他們人世的悲歡離合，都自由活動於這些神話之間，通過對月的幻想以暫時得到感情的滿足，則又是不可否認的事實。

如實的說，幻想的根源是感情。感情自身，不須要理性的真實；所以儘管月球的「醜八怪」的面目，被科學家暴露出來了；但只要它的清光常在，圓缺有時，便依然會使騷人墨客，對月興懷，不妨與一連串的幻想結合在一起。即使對月的幻想，因探月的成功而消失了，人類也會把幻想移向新的對象上去。只要是人，便會有感情；感情是永恆的，由感情所發出的幻想，也是永恆的。

三

人類最多的幻想，是活動於文學藝術領域之內。至於宗教，係以幻想為生命，乃歷史上無可爭辯的事實。宗教的神蹟，人在理智上加以拒絕，卻時時在感情上加以保存。在道德方面，立足於思辨形上學的西方理性主義，其中富有幻想的成份，固不待論。即使在立足於實踐的中國道德思想中，也未嘗沒有若干幻想。「天命之謂性」、「上下與天地同流」這類的說法，其中有推理及精神的根據，不可謂之幻想。但孔子生時，已有人認他為生知之聖，這便是一種幻想，所以孔子便申明「我非生而知之者」。不過中庸依然說「或生而知之」，這便是幻想的延續。又說，「誠者不勉而中，不思而得，從容中道，聖人也」，這是孔子「七十而從心所欲，不踰矩」的到達點；把這說到孔子七十歲以前，也不能不說是出於幻想。

雜著幻想所建立起來的聖人，這也出於人類追求至善的意志；人性中含有道德理性，便可以產生這種意志。「至善」，也或許和「至美」一樣，對現實而言，只能稱為幻想。但對至善至美的追求，是人從現實中升進的一種力量；因而由藝術理性及由道德理性所發出的幻想，不是與真實相衝突，而是要求人發現更多更大更深的真實。幻想之與理想，其間常相去不能以寸。人不可完全生活於幻想之中，這是容易了解的。但人若完全生活於現實之中，沒有一點幻想，這將成為冷酷、機械、沒有將來、沒有社會。這種純現實的人，其所給與人的生活上的不安，及對人類前途的威脅，較之有過多的幻想的人，或更為嚴重。所以我在這裏特提出幻想的永恆性。

《東風》三卷七期　一九六六年四月

泛論形體美

「美」到底是什麼？沒有人能十分清楚說出。所以康德說「沒有美學，有的不過是判斷」。判斷出於體驗；儘管人沒有美的知識，但每人都有美的體驗。而這種體驗，總是從人的形體美開始。

一

希臘很早便以真、善、美，為人生所追求的三個理想目標。許多人認為希臘文化的精神是藝術；藝術的最大成就就是雕刻，雕刻的取材，是人體的形態美。不過，他們當時的社會，對女性是採取非常輕視和抑壓的態度，所以雕刻多取材於男性而很少取材於女性。但畢竟代表形態美的是女性而不是男性。希臘男性雕刻的靈魂，依然是被隱藏著的女性而不是男性。

形態美在中國古代文化中，似乎沒有希臘的幸運。就現在可以知道的古代三大形態美——妹喜、妲己、褒姒而論，因為她們在政治上與亡國的慘禍連帶在一起，使古代的人引為大戒，於是以最大的力量，歌頌文王的后妃，說她的偉大乃在德而不在色。其實，有德而無色的女性，有如又苦又澀的營養品，對人生總是一種缺憾。而今日成為《衛詩》的「巧笑倩兮，美目盼兮」對女性形態美的歌詠，正與希臘的石像，同其不朽。

現在，正是心理變態的時代。變態之極，藝術不再是美的昇華而趨向為美的否定。畢加索只有把自己的太太畫成三隻眼的怪物，才能滿足自己藝術創造的衝動。其實，在現實世界中，畢加索的內心，可能因自己未曾得到最後的形態美而會有時感到空虛、叛逆，但我相信他決不會要三隻眼睛的女性作太太，即使有這種三隻眼睛的女性。女性的形態美，將成為美的永恆地定石，將成為扭轉當前藝術變態心理的強有力的契機；這是我相信的。

二

不過，形態美雖然可以通過雕刻、繪畫、詩歌而使其長春不老，但形態美的自身，因生理的無可奈何的限制，卻和英雄人物一樣，永遠是帶著悲劇的命運。袁子才「美人有壽已無恩」，正說明了此一悲劇命運的性格。漢．陳皇后奉黃金百斤，向司馬長卿買賦；明末卞玉京，因自傷憔悴，而與吳梅村避面絕緣；這都說明此種悲劇命運的殘酷。因此，形態美的自我完成，也常常和英雄的自我完成一樣，只能訴之於悲劇，所以項羽寧以頭顱贈故人而不肯渡過烏江，這便足使拿破崙大為減色。至昭君能琵琶出塞，楊太真得宛轉馬前，這是她兩人真正美的完成；遂使青塚黃昏，馬嵬片土，永遠繫人留戀。

從上述的觀點說，最近瑪麗蓮夢露的自殺，或許是她最聰明的選擇，也許是美的自我完成的一個不太高貴的例子。我說她不太高貴，是說她被世人所認取的性感之美，在美的價值衡量中，恐怕只能居於最低級的地位。美之所以可貴，因為它是縹渺的，想像的，可遠觀而不可近玩的。太現實化了的東西，便是商品而不是美。但這不是瑪麗蓮夢露之過，而是這一時代之過。這一時代的下流根性，只能把美變成商品而加以糟蹋。瑪麗蓮夢露以裸體表現她的最後，這或許是她對此一下流時代所作的抗議。

三

「善」和「美」，與「真」有所不同，「真」可以自己加以表明。但善和美，只應由旁人認取，而本人卻最好在追求之際，又能把它忘掉。一個自以為善的人，固然對於善是一種損害；一個經常自以為美的人，對於美恐怕也是一種損害。因為美不能離開形態，但美也同樣不能離開純靜雅潔的心靈。美的無限價值，主要是使人通過形態去把握心靈所引起的想像。一種自以為美的人，便把自己束縛在自己形態之上，阻礙了心靈向其他方面的發展，於是沒有動力與烘托的形態美，也便容易僵化。

更重要的是，美以悲劇而完成。但任何人都希望以幸福結束自己的人生，決不願以悲劇結束自己的人生。而旁觀的人，只可以欣賞、讚嘆已經發生了的悲劇，決不應希望他人發生這種悲劇。由悲劇向幸福的轉換，便要求美的自身，有種合理的轉換。向學術與事業方面轉換，當然是很理想的。但這並非任何人都能做到。所以對一般女性來說，應當由形態之美，轉換為家庭生活之美。相夫教子，使一家人都過著和諧而上進的生活，丈夫認為是賢妻，兒女感覺到母愛，社會認為是一個美滿家庭；這其中，醞有無限的溫情，也即醞有另一形態的無限之美。這種美，因沒有生理的限制，是永不會破滅，是永不會被遺棄的。每一女性，都可作這種轉換；但有一個先決條件，便是，要在愛美之中，同時忘記自己的美，以免把自己的精神，拘限在自己的生理形態之上。從這一點說，當了國姐、世姐的女性，可能不一定是很幸福的女性。因為她自己的心理以及社會環境，常常不容許她作必需的轉換。

《華僑日報》 一九六二年八月二十六日

愛與美

我常說，西方文化，是缺乏人類愛的文化，亦即是缺乏「仁心」的文化，這發展至二十世紀而更為顯著。

科學，對於道德而言，是中性的存在。研究科學者的態度，是須要沒主觀的冷靜的態度。所以由科學所養成的人生觀，就一般來說，是沒有顏色的冷淡的人生觀。沒有顏色的冷淡的人生觀，在現實上，常常對內只知道有個人，對外則只好服從權力的意志。科學對人類所發生的結果，常常不是出於科學者的意志，而是出於權力者的意志。能反抗權力意志的科學家，只是極少數的大科學家。二十世紀文化的特性，是科學者壓倒了一切宗教、哲學、藝術者的地位；技術的效用，取代了一切思想家的效用。而實際左右世界的，卻只是幾個大權力者的意志。這因兩次世界大戰，也大概可以說明此類文化所給予人類的影響了。但科學對於人生觀，不僅是發生消極的作用。因世人對於科學過分的信賴，卻不注意它可能達到的界限，以致隨意擴大使用科學上所得的結論，而愈益破壞了文化中的價值系統，愈益消蝕掉了文化中的人類愛的成分。這可以用達爾文的「種的起源」，及佛洛伊德的「精神分析學」作代表。

達爾文「種的起源」，是以「自然淘汰」、「生存競爭」、「適者生存」幾個基本觀念作基礎的。他認為有種東西成為另一種東西的食糧，鬥爭是無休止的繼續，在這種激烈的競爭中，使不適合的動物植物終歸於消滅。站在科學立場上，達爾文的貢獻，可分為兩點：第一、他提供了「進化」的確切證據，因而確定了「進化」的觀念。第二、他以「自然淘汰」，作為進化的確切法則。

達爾文說人是從猿進化而來的。受此思想影響的人，不就進入到歷史以後的人的地位來考慮人的問題；卻常於不知不覺之中，把人拉下到一般動物的地位來考慮人的問題。於是自然淘汰說，首先把白色人種征服有色人種的行為加以正常化。在社會思想上最先得到鼓勵的是馬克思，他曾因此而寫信給達爾文。其次，法西斯，獨佔資本家，對中小企業的吞併，也同樣在達爾文的學說中得到了根據。克魯泡特金雖然著《互助論》以資矯正，但互助論所發生的影響，比之「種的起源」，是遠不足道的。

佛洛伊德在心理學上的貢獻，可以說是在對人們的無意識層的剖析與解放。他的學說所發生的影響之大，只有達爾文的進化論勉強可以與之相比。他浸透到了文學、藝術、宗教、人類學、教育、法律、社會學、犯罪學、歷史的各個領域。達文茲在其《改變世界的書籍》的一書中，曾引用了一個批評家如下的一段話：「外行人聽了佛洛伊德的理論，會覺得他是歷史上最使人掃興的人。他把人們的笑談，或高尚娛樂，變為胡鬧的不可思議的抑壓。在愛的根底中暴露出憎恨，在優雅的情調中暴露出惡意，在兒子對母親的愛慕中，暴露出這是近親通姦，在寬大行為中暴露出非法的企圖……。」這是我們應當注意的，受佛洛伊德影響的人可以說都是外行人。因為絕大多數的人並不曾對心理學作較深入的研究。這裏只要指出一點已經夠了；在中國文化中把親子之愛，當作人類愛的根苗，但在佛洛伊德的思想中，則把親子之愛，事實上變成了「萬惡淫為首」的根苗了。

在西方文化中人類愛的徹底消滅，不僅影響到倫理道德上面，並且也影響到在西方文化中有悠久傳統與崇高地位的藝術。藝術的生命是「美」；但美與愛，有其不可分的密切關係，因為是「美」，所以才有愛；不過愛卻並不僅是限於美的條件。更重要的是，因為愛，才能發現美。美，在其最根源的地方，是要受愛的規定的。兒女的美，只有在他的父母眼中才可以盡量發現出來。女人的美，只有在她的愛人的眼中才可以盡量發現出來。這為什麼，因為有了愛的力量在背後作動力，作誘導。希臘時代的美，表現於造形之上，因為當時流行著對人體之愛。文藝復興後，自然開始大量進入到藝術的範圍，因為當時有了對自然之愛。

現代超現實主義，抽象主義的藝術，它不僅反對傳統藝術，而且實際反對到作為藝術生命的「美」。從這些藝術家的作品中，不論從正面，反面，都不能給觀者以「美」的感覺。若進一步推究其根源，這乃是沒有人類愛的西方文化在藝術方面的赤裸裸地表現。他們為什麼要反對自然，因為是不愛自然。他們為什麼要否定社會，因為他們不愛社會。他們為什麼要否定傳統的一切，因為他們不愛傳統的一切。他們不僅是不愛，而且除了孤獨的自己以外，他們實際是仇恨一切。不愛即不美。仇恨即會否定美。所以這種人，只有憤恨的情懷，只有不知其所以然的對一切要加以報復的心理。沒有了愛的文化，結果會變成了沒有美的文化，這不說明西方文化的走上沒落之途，還說明什麼？

《華僑日報》　一九六一年十月一日

感

風景・幽情

我平生是最好動的人。可是到了臺灣以後，對於臺灣的所謂風氣、名勝，除了被動地去過兩三個地方以外，其餘的便連念頭也很少動過。這固然因為各地政治性的招待所，太與我無緣；而自己的年事，正在一天一天地老去；會多少影響到自己的興趣。但更重要的是，臺灣的風景，對於我而言，總像缺少了一點什麼；而這種缺少，又常於不知不覺之間，好像覺得只能以對大陸風景的回憶、想像，來加以彌補。

遊風景，是藝術性的活動。據近代美學的研究，可以了解到，風景之美，不是一種存在，而是一種生起，一種展出。它的美，乃是生起、展出於人們美的觀照之中。對於沒有美的觀照的人而言，任何風景都不是美。而美的觀照的構成，包含了知覺、感情、想像三種因素。人當面對著某一風景而忘掉了一切的利害計較，並且也放下了思考分析，只是憑著自己知覺的直觀，凝著於風景之上，於是風景之美，便會生起、展出於自己之前。此時也會不知不覺地向風景移入了感情，並看出了風景後面所蘊蓄的意味，而向人構成一種氣氛、情調；人於此時便陶醉於自然之美裏面，把自己的精神加以純化淨化了。美的觀照，好像是專用而比較生疏的觀念。其實，普通所說的「看得出神」，這即是美的觀照最親切的描述。所以這大概是每一個人所能體驗到的美的經驗。

不過，作為美的基本因素的感情，畢竟是屬於人與人之間的情感。當人把自己的感情移向自然時，乃是無形之中，把自然加以有情化，加以人格化。若是在自然中看不出人的情味，自然便只是死物，而沒有美的意味可言。在中國的許多神話中，一切精靈，必以能修練成人身為其靈化的第一條件，這是很有道理的。我的看法，人是以其感情而存在。在牽引不出人的感情的地方，也一定是人所不會想到的地方。我年輕的時候，有時很思念這一個地方，有時又很思念那一個地方。有時又把思念過的地方淡淡地忘記了；有時又從淡淡地忘記中浮了上來。對於這種飄浮不定的感情上的思念，我也曾加以反省過，原來粗一看，是在思念某些地方的風景；仔細想時，卻是思念某些地方和自己有感情關連的人物。風景的憧憬，實際常是憑藉對某些人的感情而浮起的。某一地方的人的感情沒有了，對風景的憧憬也便慢慢地消失掉。因此，將自然加以有情化，加以人格化，常常是富有藝術心靈的詩人、墨客的片時的感受。對一般人而言，還是要求風景與人情的直接融合。並且在這種融合中，可以得到厚化深化；因而也多少可以減輕「美的破壞性」，「美的幻滅感」。大家在遊風景時，總希望有良好的伴侶，實際是希望「有情人」能在一起作伴這便是出於風景與感情直接融合的要求。

假定是具有文化意識的人，便常常可以通過想像力，而擴大並加深風景與感情融合的機會。這便要談到「發思古之幽情」的問題上來了。現在許多人把這句話當作對於他人的一種批評、打擊來使用，以表示自己的進步。我想，這種人口裏所說的進步，是非常可疑，或是非常可笑的。若是某一個人有了某一方面的文化意識；而某一風景，又有某種古蹟是和某種文化有其關聯；則當此人面對此一風景時，使自然而然地會通過自己的想像力，把由古蹟所象徵的過去的人與事的意味，復活了起來，以與此風景融合在一起，而加強了美的意識、美的觀照；實際也便加強了某風景之美。我可以斷言，思古之幽情，乃是從人性中所流露出的美的衝動，藝術性的要求。若說這是不進步，那才真是蠢才、惡漢，在佛頭上著糞了。但歸根結柢，還是在文化意識的問題上面。

四十九年五月，我在日本京都遊了兩個多星期。京都的亭園，多半是受中國文人畫的影響，所以多有「清幽」或「清遠」的情趣。有一天我到東本願寺（或者是西本願寺？記不清楚），裏面有一個小庭園，日本朋友告訴我，這是仿照廬山遠公送客不過虎溪的虎溪而建築的。當時，引起我非常的悵惘。我幾次到廬山，豈特沒有到過虎溪，沒有到過東林寺、西林寺；連所有與文化關連著的古蹟，甚至對於早已聞名的白鹿洞書院，都當面錯過了。自己只是莫名所以地，隨著一群一群的莫名所以的人們，哄來哄去；幾次到過這一座與江南文化有密切關係的名山，卻從不曾引起我一點懷古的幽情來，這正說明我所看到的廬山，只是草木無情，溪山頑鈍的廬山，廬山的美，並不曾向我生起、展開；因為我的心還不曾開竅。這還能算得到過廬山，享受過廬山的風景嗎？我是一個俗人，文化的薰陶不夠，所以一顆虛靈的藝術之心，一時顯發不出來。

杭州西湖，不僅是風景多；而且每一風景，都積累了，染上了，前人所留下的古蹟，這便為湖光山色，增加了深度、厚度，而這些深度厚度的情味，又嘗假文化人的妙聯妙語，把它指點出來，更使人流連不已。但我在杭州前後住了三年，真正引發過我的懷古幽情的，只是蘇小墳，和岳王墓；其餘的，也不過是人云亦云地隨嘉一番罷了。原因很簡單，當時藏在我靈魂深處的，只是一位想像中的美人，和一位「壯懷激烈」的忠臣。此外，便多是從口耳間飄過，和自己的心靈，還不曾融合過來。

因為我沒有佛教方面的文化修養，所以在南京住了三年多，便不曾去過棲霞、牛首。這十多年來，對禪宗多少有了一點應當被古德所訶斥的知解，於是我常常後悔，曾經由當陽經過，坐在馬上，已經望見玉泉寺了，為什麼不稍稍在寺前駐馬呢？曾經在韶州宿過一晚，為什麼不多留一兩天去瞻仰一下南華、雲門呢？我是鄂東人，鄂東黃梅的東山，實創出了禪宗爾後一千多年的天下，即所謂「東山法門」；而我竟連一遊的念頭都不曾動過，真太抱愧作為一個鄂東人了。日本的常磐大定，曾經遍歷了我國的名山古剎，寫下一部厚厚的遊記，這是常磐氏個人佛教文化意識的覺醒，而使他過了這一段半宗教、半藝術的文化生活，我真為他驕傲。我們實在已衰老了，已痲痺了；在悠久的歷史中，少數人留下的名蹟，不斷地由多數人加以破壞、加以污穢。現在到臺灣來了，沒有實物可資破壞了，便努力從觀念上加以破壞。所以這一群知識分子，是沒有文化教養的知識分子，是沒有人性所必不可缺的藝術心靈的知識分子。因為大家在生命內部的，只是「嘔吐」，只是「沾液」，只是「慾動」，所以決發不出懷古之幽情來。而剖析了看，他們在完全不懂西化的「西化」偶像之下，徹頭徹尾地是奴才的根性。奴才只當主子有情興去趟風景區時，才跟著提壺擁帚。試稍稍留心觀察吧，主子看的是客觀的風景，奴才看的卻是主子的顏色。小奴才們直接看不到顏色，便只好爭主子的殘羹冷汁了。這是今日西化運動的真實面貌。在這種風氣之下，當然要把幽情當作反動、落伍的口號了。好在臺灣正是有風景而缺少幽情條件的地方，這恰好是主子與奴才兩相搭檔的好處所。而我們這種多少免不掉有點懷古幽情的人，只好站在角落裏由追悔而懷念自己的故鄉故土了。

《自由談》 一九六四年四月

南行雜記

一

今日住在臺灣中部的人，把赴臺北稱為「北上」，把赴臺南、高雄，稱為「南行」。對照大陸的空間，使用在大陸時所慣用的名詞，實含有諷刺、悲哀的意味。我來臺的歲月，已算相當長久了；對於臺南市，則至今還在可望而不可即之中。因此，東海大學此次以團體名義，向臺南、高雄有關的學校、工廠，取得連絡，彷彿我們也是被招待出去旅行參觀一樣的。這對我來說，依然是帶點新鮮地感覺來看，我所能看到的東西，因而發生若干連帶的感想。

十一月廿三日下午一時出發，第一站是打擾成功大學。因為我在臺中、臺北所看到的「大學」，虛浮、混亂、委瑣、自私，早把我看膩了；所以對於這一站，在我的心理上，早有些尷尬。到達後時間不早，參觀的部分不多。但我發現，他們每一建築裏的安排，都是針對著某些問題，而賦予以解決的意義。就此，拿眼前的事情來說吧，過去成功大學曾為了校外打彈子而鬧了一次亂子，現在彈子房便添設在學生中心。僑生多半來自亞熱帶，好動成性；現在僑生宿舍的後面，便是一個游泳池。圖書館裏的線裝書不算多，但年年在添置，而且每一部書經過整理，安置得有條不紊。食堂一百八十元一個月的伙食，學生吃得津津有味。我們和閻校長談起來，知道他根據許多想法在那裏一步一步的推動前進，使人感到成功大學裏面，是有一股生命力在躍動；比我經常所看到的大學，它確實是在進步之中。因此，我想，只要一個人誠心誠意地向好處努力，而又能離開政治中心稍微遠一點，總能收到若干好的效果。這在目前，已算是難能可貴了。

二

成功大學因為得到了美援，年來增加了許多建築物。閻校長和我們談到建築設計的經過，倒也非常有意思。成大是有建築系的。設計的責任，當然落在建築系的先生們身上。這些建築系的先生們是要把自己所懷抱的「現代地」藝術理想，藉此機會，充分發揮出來。今日自由中國的知識分子，見了「現代」兩個字，腳便嚇軟了。可是成大此時有位美國顧問，卻堅持經濟適用的原則。但這位顧問不是學建築的，不足以說服這批胸懷大志的專家，於是想方法從美國請來了一位建築學者，才把「現代地藝術性」打一個折扣，讓藝術要求與經濟要求得到了調和，使問題得到了解決。我常常想，凡是學有根底的人，常常是從各種實際因素關連中，勾畫出藍圖的主導方向。沾到一點皮毛的人，卻常常只想在時間上搶「尖新」。這用在私人創作上，也原無不可。一切的藝術創造，都是先由匠心獨運的嘗試，而漸漸成熟，漸漸得到社會承認的。但在公共的建築物或他人的建築物上，來試驗自己尚未成熟的尖新理想，而未經過使用者的研究、承諾，這便多少有點近於詐術了。至於結成團體，以「罵」的方式脅迫社會接受自己的尖新，那便是一種無賴。因為藝術家有創造的自由，社會則有欣賞、選擇的自由。許多藝術家為了創造自己所追求的東西，寧願孤獨、窮苦，而不採用結夥脅迫的方式。這是藝術地高貴品格，透入到他的生命之中，使他不能不忍苦，以保證藝術的高貴性。

三

現在有許多人把臺南市稱為「古都」，並且有的商店或商品，居然拿「古都」兩字作起店名或商標來了。我一看到，總禁不住身上起栗。南宋有位詩人寫了「薰風吹得遊人醉，直把杭州作汴州」的兩句詩，吐出了他無窮地感慨。但把杭州當作汴州，還多少有點譜。我們是一個中國人，卻把臺南市稱為「古都」，這未免太沒有譜了。我懇切希望，臺南市只是臺南市吧；從意識上要把臺南市裝扮成「古都」的角色，這真滑稽到了殘酷的程度。

雖說如此，全臺灣恐怕也只有臺南市才有些古蹟。我不願承認這裏是「古都」，但我決不抹煞這些古蹟的意義。於是孔廟、赤崁樓、安平古堡，都匆匆地巡禮一番了。聽說在中、日戰爭期間，一位日本人的臺南市長，冒著當時日本軍人的非議，對臺南市的孔廟，倍加修理護持，所以在今日看起來，依然完整潔淨。臺灣的孔廟，在臺北的係私人（辜姓）所有，我沒有去看過；新竹市的，已經拆掉；彰化的，經革命者塗滿了革命的標語。臺中市第一任非黨籍的民選市長楊基先，花了七十萬臺幣，買一吳姓鉅宅，準備改作孔廟；後來的三屆黨籍市長，再無人對此事問津了。說孔子的思想對人類沒有影響，而臺灣的孔廟，卻多建築修葺於日治之時。說他尚有影響，在今日卻沾不上一點膏澤的餘惠。原因很簡單，現在是西化的時代；西化得紅色滿天飛，西化得太保匝地滾。

赤崁樓、安平古堡，原來似乎有點佈置，但佈置時已沒有「古」的氣息。而在現代市政管理之下，雜亂殘破，和日本人保管「文化財」的情形，在我心目中成一非常嚴酷的對照。因此，我又聯想到，臺灣這些年來，在美援之下，出現了許多新建築物。但對各種舊建築物，卻很少作過保護的工作。譬如一進臺南市公園的凋敝，立刻使人感到這即是所謂滿目荒涼。一棟國民小學，不知何年何月掉了幾片牆板，誰也無法斷定將於何年何月把它修復。貧民與破落戶，應當有種分別：貧民是乾脆沒有；破落戶是有了，卻沒有能力保持。嶄新的建築，怎樣也敵不過觸目皆是破落戶所給予的淒涼印象。假定這是說明新舊事物的更替，那倒是大家所希望的。但是，民族真正的生命力，既會表現為開創，同時也會表現為持續。開創與持續，在本質上是一而非二的。沒有持續力的民族，其新的開創，可能只是由經濟上打嗎啡針而來。靠打嗎啡針維持活力的人，這不是證明他生命力的加強，而是證明他生命力快要枯竭。我又急切希望，美援之對於我們，並不是打嗎啡針的意義。

四

到高雄，主要是參觀幾家工廠。鋁廠、石油廠，是國營；水泥廠，是由國營改為民營。這三個廠，在規模上，在設備上，在組織上，都夠得上稱為現代化。臺灣在實行土地政策後，出現了四大民營公司，其中的水泥公司，是獲利較豐的一個；其餘的，一直到現在，似乎還說不上站穩腳。誰能相信每一個人非用不可的肥皂、毛巾、衛生紙之類，經過十六、七年技術上的突飛猛進，在今日的臺灣，卻還趕不上離開上海時的水準呢？經營企業，要有「企業精神」。所謂「企業精神」，是一切決定於技術要求的精神，是一切服從於「經濟原則」（效率）的精神。企業精神，是鐵面無私，一毫不苟的；是以貨真價實去作合理競爭，並甘受優勝劣敗的淘汰的精神。一個建設性的政府，主要是從各方面來助長這種精神，而決不從各方面來加以阻擾。我個人的看法，今後臺灣工業的前途，不是決定於美援，而是決定於這種精神的成長。

五

我平日從剛進公營工廠去作高一的大學畢業生口中，聽到了許多公營工廠中的問題。但是，這次我們所參觀的公營工廠，卻要算工作已經走上了軌道的工廠。假定它們也有問題的話，則多是存在於工廠以外的問題。近代經濟發展的基本動力是利潤，更進一步則是利潤的合理分配。公營企業的最大問題，便在於缺乏這種利潤的刺激。然則臺灣的公營事業，到底走那一條路呢？就我這種外行人來看，在增加效率、減少浪費中，去提高員工的待遇，這是非常合理的。但是，在負責經營者心目中的合理，未必能得到主管部的支持。主管部的支持，到了上級機關的科員組員手上，又可能完全加以否決。這種上級事務官否定政務官的決策，並以官僚的心理、作風，去衡量生產技術、經濟經營的問題，大概不算十分妥當吧！

六

不過，走進這些有規模的工廠以後，我所得的最深印象，還是對我的教育上的意義。凡是用頭腦的人，他所擔負的第一課題，是要了解自己的生存的「現代」。一切的研究，一切的思考，有形無形中，都是以自己所了解的「現代」作基礎。而事實上，我也是不斷地從書本上作些了解現代的工作。不過，把現代移向書本上，這已經是事實的觀念化。觀念與事實之間，總不免有些距離。所以我前年在日本，每進一次大百貨商店，總覺得好像得到了從書本上無法得到的東西。但我當時最大的忽略，是不曾想辦法參觀他們現代化的工廠。現代化的工廠，才能直接呈現出「現代」。現代的性格，是由工廠到商店，由商店到農村，走著遞減的法式；即是，農村中所看到的現代，已經是現代的末稍了。當我一走進鋁廠時，頓時感到，由高熱、高速度的機械所展開的組織活動，它正在征服一切，改變一切，使被征服、被改變的東西，不能有絲毫反抗或徘徊；這才完全是一種機械的、力的世界。人在這種機械的、力的世界面前，一方面是非常渺小，同時，因為不斷生活於這種暴烈氣氛之中，要便是被這種暴烈氣氛完全壓服，而澈底成為機械的奴隸；要便是受這種暴烈氣氛的感染，使自己的性格也暴烈化，並可能進一步而要求以同樣暴烈的手段去改變他周圍的社會。

這種情形，在精緻工業製造中，可能有些改變。譬如煉油廠的指揮中心，便把各種鉅力的活動，化為一種圖表式的反應與指揮的系統，這便使人感到輕鬆得多了，而煉油廠還不能算是精緻工業。但在這種比較輕鬆的氣氛中，它更是極端的組織化，集中化，高速度化。隨工業勢力的擴大，而把人們的生活，一步一步的都納入於上述的三「化」之中，於是越是現代化的社會，便是生活得越忙的社會，忙到人好像是隨著輪帶轉的機器一樣。正因為這樣，所以自由的呼聲，人文的憧憬，又從這種社會的底流中發了出來，感到「現代」反成為人類精神的枷鎖。此一矛盾的解決，我簡單的想法是：從各種活動集中到工廠，這是人文精神走向機械主義。將工廠的生產品流入於各個消費者手中，應當是機械主義讓位給人文精神。以機械主義去生產，以人文精神來支配，來享受，或許是今後可走的一條道路。但許多人卻要把生活的一切，人生的一切，逼向機械主義上面去，我想是大可不必了。

從工廠走到大貝湖，我們的情緒真地輕鬆了，把在工廠中弩著的嘴，睜著的眼睛，都換成了笑容笑語。大貝湖的風光，可能在日月潭之上。一個人，能在這種地方住上一兩天，大概可以減少許多時代地病症。因此，我希望這裏能出現像我們這種人也能住得起的旅館。日本的小旅館，是潔淨、幽閒、親切，使客人走進去，好像能獲得一種安全感。假使臺灣現有的普通旅社，也能採用這種經營方式，使一般人觀光的威脅能夠解除，則觀光的事業也自然會進步的。

十一月廿七夜

《華僑日報》　一九六三年一月四、五日

港事趣談

一

暫時放下「天下大勢」，談點香港有趣味性的問題，或可對作者、讀者，都有種調劑口味的作用。

本（一月）月三日某晚報報導，「十六位富豪組成地產商代表團，向兩局議員請願，反對擴大管制租金」，並引述該團團長的談話。從談話的內容看，應當算是非常富於趣味性的，談話的內容是：

地產商會同人曾經多次召開會議，初步反映認為新法案（擴大租金管制範圍法案），僅對在港經營之外商有利，對一般小業主有不良影響。

又指出，他們（富豪們）無意反對擴大管制租金範圍，因為這個新例，總括而言，對全港市民有利，但是他們（富豪們）反對者顯為此一新法案，不應亦將高尚豪華住宅，亦包括在內。因為這些豪華住宅的承租人，均為領事住宅、大機構外商、政府機關等。×氏認為一般外商，祇在香港牟利，對香港前途缺乏信心，所以不打算置業，祇租住高級私人樓宇。因此，他們其實應該付出更高租金。

從全談話的內容看，保障富豪地產商的利益是主題，「小業主」是陪襯。各國都注意保障本國工商業者的利益，但這要靠整個的經濟政策及工商界在競爭中的集體努力。很難找到在某一地區的房屋租金，當非出於管制不可時，獨把外國人的房屋租金，置之例外。

現在每一大都市，都帶有「國際性」；尤其是香港的國際性，是維持自身生存、發展、繁榮的必需條件。國際性的表現與維持，必須使住在一起的本地外國人，在衣食住行的日常生活中，受到同等的待遇，受到同等的法例保障。這是常識，也是慣例。

外國商業機構駐在本港，當然是為了牟利；但本港商人，是由對社會的施捨而致富的嗎？置不置產業，是由各自經營的方針決定，與對香港的信心並無關係。在大局穩定時，本港商人有信心，外國商人也有信心。在大局動搖時，外國商人沒有信心，本港商人更沒有信心。富有社會意義的美孚新村的宏大建築計劃，正是外國商人開始於大局動蕩之時。太古城的興建也是出於外國商人之手。這是一種「商業競爭」，應當從正常的商業競爭著眼。香港豪富有不少在外國存放資金，發展業務，購置房地產的，都是為了牟利，都是為了安全。假定外國政府在衣食住行上給以不平等待遇，香港的富豪們又作何感想？駐港各國外交機構，乃是友好的象徵，更不應給以不平等的待遇。至於小業主的利益固然要照顧，租小業主房屋的市民的生活更要保障。十一、二個月前，三百元可租到手的一間房，現時約需要一千元左右才可租到，兩局的議員先生，有責任多為這種多數市民講話。趣味歸趣味，事實歸事實。

二

因為上述的一件趣味，又使我聯想到兩年前的另一件趣味。當時有位外國人士以都市交通設計專家的姿態，在本港出現嚴厲批評本港興建地下鐵路不合本港交通需要，並且指出建築費用較實際價格，要高出二分之一以上。對這種高論，不少報紙花費相當篇幅與以報導。我當時想，工程招標，是世界性的競爭；縱然有內幕，又何至較實值高出二分之一以上？至於說地下鐵路不合本港交通需要，未免違反一般常識了。後來才知道，發這種妙論的到底是何方神聖——也是某外國汽車公司的推銷員；他破壞本港地下鐵路建設的言論，只不過是為了要在本港推銷大型交通汽車，利欲薰心，如此而已。

大概在一年前左右，報紙上刊出某大學一位經濟學博士的談話，批評本港興建地下鐵路，是害多於利；因為地下鐵路並不能解決香港的交通問題，而且引起連鎖性的物價上漲。這一年來，物價是上漲得厲害，但這是世界性的通貨膨脹的結果。不興建地下鐵路的地方，便避免了物價上漲嗎？興建地下鐵路，當然不能完全解決香港的交通問題；但能指出有其他方法，能較地下鐵路更為有效嗎？不興建，豈不是使問題更為嚴重？當時有的報紙，因為這是博士口裏說出的，花大篇幅作鄭重地刊載。地下鐵路開始通車，已證明公司和社會都受其利。趣味歸趣味，事實歸事實。

三

大概在進入冬令進補之初，報上一連幾天登載有防止虐畜會呼籲不准本港吃狗肉，要加重虐畜的處罰，並得到有力人士的呼應，又有人熱心證明狗肉並不滋補等新聞。其實吃狗肉不吃狗肉，決定於風俗習慣，與虐畜法例，根本拉不上關係。狗是「畜」，殺狗吃是「虐畜」，要加重處罰。然則，牛、羊、雞、豕，又何一不是「畜」？何以天天大批殺了吃，又不算「虐畜」呢？從中國食的傳統講，古代「屠狗」和殺豬、殺牛、殺羊等是同樣的流行。並且不少英雄，是出身於屠狗的，樊噲即是一例。近代兩廣都吃狗肉成風，其他地方，也有偶然吃狗的。香港居民，應有吃狗肉不吃狗肉的自由，因而也應有買狗肉不買狗肉的自由。因少數有錢有閒的人，對狗有特別愛好，推而形之於律令，以強加於一般市民身上；這也只能算我在這裏所說的趣味性的事件。但得聲明一句，我並不吃狗肉。不僅如此，我們做一樣事，應想到若大家都這樣做，是有益，至少是無害的，才可加以提倡。假定大家住的房屋都有或大或小的院子，養養狗未嘗不可。但現在分住在十幾二十層的高樓大廈裏面，還有人以養狗為風雅。美孚新村大約有一萬戶人家，假定每家養一隻狗，美孚新村有一萬隻狗，將成何景象？所以分住高樓大廈而依然養狗的人，我懷疑這是通狗情而不太通人情的人。今日大都市裏，應當到了把愛狗的情懷，轉移到愛人身上的時候。

《華僑日報》　一九八〇年一月十二日

櫻花時節又逢君——東京旅行通訊之一

人事中的偶然，有時也會使人發生一種神秘之感。一九五〇年，我隨著一個旅行團體，來日本觀光，正是櫻花時節。一九五一年，我以名實不符的記者身份來到日本，也是櫻花時節。這次假借名義，重到東京，再過十來天，又趕上櫻花時節。這三次偶然，難說我以垂暮之年，竟與異國的櫻花，結上了一段不解之緣嗎？

一

日本人種櫻花，不是佔領一片廣大的園地，便是夾著兩行長長的街道。所以花開的時候，真像天上的彩霞，夢中的仙境；看花人的心情，也隨著花海而沉酣、飄蕩。宋人有「紅杏枝頭春意鬧」的一句詞，許多人認為一個「鬧」字，便把杏花的精神，及由杏花所象徵的春的面貌，十足地描寫出來了。其實：若把「春意鬧」三字用在櫻花身上，恐怕更為恰當。難怪日本人把它定為國花；而異地的有閒階級，也常不遠千里萬里，趕來湊一分熱鬧。

不過，就花來說：桃李杏這一類的花，多半開在農曆的二月，即是開在春的當中；它們開了以後，還有許多花陸續地分占一段春光。所以從桃李這些花來看人間可愛的「春」，常覺得春是「圓滿無缺」。但櫻花卻要開在農曆的三月；它所象徵的春，正是春的巔峰；而它的凋謝，也正是春的銷歇。彷彿春是被它一手包辦了。通過了它去向前展望，再也看不出春的遠景；假定把古人詠荼蘼的詩改作「開到櫻花花事了，不如收拾過殘春」，似乎也一樣的恰當。於是看櫻花的人，若肯在花下稍事沉吟，很可能從它「嬌艷」的繁華中，轉出「淒清」的情調；最低限度，這可以說明我個人的一分感觸。

二

一九五〇年，日本戰敗的瘡痍未復，除了京都、奈良，少數賴古蹟名勝，得免於摧毀者之外，以東京為首的各個都市，幾乎到處都可以看到斷瓦頹垣；而衣服襤褸，面帶菜色，更是社會一般的生活現象。所以這一年在櫻花下的少女，似乎為美國大兵助興的意味，遠超過自己尋歡的意味。一般人的聊復爾爾，或強顏歡笑，恐怕不及放懷痛哭，還可以減輕情緒上的負擔。因此，這一年在日本人眼裏的櫻花，只不過是「惱人春色」！

一九五一年，因韓戰的關係，日本在經濟上復興之速，他們稱之為另一次的「神風」；這一年的櫻花節，似乎可以說是「杏花疏影裏，吹笛到天明」了。但日本民族，是富於感激性的民族。此時正遇上麥克阿瑟元帥，在軍事勝利的中途，被杜魯門撤職；於是麥氏頓成為日本人心中的悲劇英雄，換取了千千萬萬、不知其然而然的眼淚；所以這一年也只算是「淚眼看花花不語」，而遠東的局勢，也因此蒙上一層抹不掉的陰影。

經過了九年後，我所看到的東京，經濟的繁榮，技術的發展，日常生活水準的提高，都在向作為現代世界中心的美國，看齊靠攏；它已經真正站了起來，和世界的強國，並起、並坐而毫無愧色。然則今年所看到的櫻花，應該是令人歡欣陶醉，大家共作「花長好、月長圓」的祝福了。低調的說：日本已由戰敗的變局，進而為一般國家所處的常態；在常態下所看到的櫻花，依然會令人感到春光似海的。

花的本身是無情的東西，看花人總把自己的感情，投射到花的身上去，而使花也人格化，感情化。每個人的感情，越進入到現代，越缺乏個人的自主性；無形中常隨著世界潮流的感染而漂蕩不定。世界潮流的動向，有它的表層，也有它的基底。表層與基底，儘管是密切相連，但並不一定呈現相同的面貌。一般人對表層的接觸容易，對基底的接觸卻有些模糊。但真正與人以決定的力量，因而使人於不知不覺之間，在感情上受到最大感染力的，卻是社會潮流的基底。譬如從表層看：日本能免於德日戰後的東西分裂，保持一個統一的國家，這真是它的大幸，也是它抓住時機，迅速復興的重要原因之一。

三

但日本真正是統一的嗎？不僅思想的分裂，在自由世界中是數一數二；並且在意識形態上，都市農村是互相對立；知識分子與一般人民大眾，是各不相干；青少年人和中老年人，也似市與鄉，有一條劃分得清楚的界線。表層的統一，掩飾不了作為一切活動基底的意識上的分崩離析。這是當然的，因為現代之所以成為現代，正是以精神分裂作為其重要地特徵。在精神分裂者心目中的櫻花，很難塑造出一幅統一的藝術形相。

四

這幾年我在山裏住得太久了。一旦進入到這座五光十色的花花世界，變成呆頭呆腦，真像劉姥姥初進大觀園。不錯，人在由科學所成就的物質世界中，是一天一天的變得更為渺小了。昨天下午六時左右，第一次試坐東京的地下鐵道，候車的人真是人山人海。日本人雖然很守秩序，但在這種人潮壓迫之下，上車時車站的站員，不能不用盡氣力，把乘客拚命向車門裏面推，這樣便可使車內擠得水洩不通，加強運送的速度。九年以前，似乎還不須如此。我在擠得吐不過氣的人潮中，突然感到眼前的場面，便是現代文明的縮影。人本來是去坐車的。但能擠進車去，並不是出於自己的意志和力量，而只是被動的任憑與自己無關的力量在推來推去。進車以後，大家肩摩踵接，在形跡上，可以說把人與人之間，變得再密切也沒有了。但大家只像捆在一起的木柴，彼此決沒有由生命所自然發出的互相關連的感覺。這正是現代文明的作品，也是現代文明的形相。

現代文明，是把人從屬於自己所造出的機械。機械變成了主體，而人自己反成為機械的附庸。由機械的構造、活動的要求，而把人組織得比過去任何世紀更為緊密；但組織在一起的人們，彼此只有配合機械的協同動作。這種協同動作，與每一個人感情意志無關；因而很少有情感的交流，意志的結合。人與人的關係，變成了機械零件與零件間的關係。法國哲學家 Gabriel Honoré Marcel 在他 *Les hommes contre l'humain* 書中，強調現代「人性的喪失」。這恐怕是現代文明的必然命運。從喪了人性者心目中所看到的櫻花，在與瘋狂地脫衣舞相形之下，會使人感到黯然無光，索然乏味的。我真不了解：還是世界的命運影響了櫻花；抑是櫻花的命運影響了世界？

呆笨的頭腦，突然進入到這樣複雜繁華的現代社會，內心由一陣騷動而轉為混沌；由混沌而釀出許多莫名其妙的哀愁。下面這首打油詩，未能把我漂泊無依的哀愁說出千萬分之一二。

蓬島重來老學生，空虛何事苦追尋。
層樓霧釀千年劫，故紙虫穿萬古心。
猿鶴淒迷憐舊夢，烟花撩亂接殘春。
流觴社鼓俱陳跡，休倚危欄望醉人。

《華僑日報》　一九六〇年四月二日

瞎遊雜記之八

一

據說，紐約有近三十個博物館，各有各的特色，各有各的社會教育性、娛樂性的活動。其中當然以大都會博物館的收藏最富，規模最大。數月以前，便有朋友來信說該博物館最近收買了幾百萬美元的中國畫，我到紐約時，值得去看看；所以我這次一到紐約，便首先去這家博物館，並首先找陳列中國藝術品的地方，才知道這批畫目前並未展出；陳列的是以六朝時代的造像石刻為主，氣象慈祥靜穆，說明了佛教進入中國後，受到中國文化影響，不知不覺地賦予了這些佛以新的形相。有一方壁，鑲上了取自山西宮觀中的一整副元代壁畫；從原來的壁上分割下來，移到這裏的壁上復舊，中間所經過的技巧、人力，是頗為驚人的。可惜我無法知道它由中而美的經過歷史。可能也是由奸商奸吏所製造出來的一段醜史。陳列中有中國陶器、磁器，沒有看到銅器。

在高層陳列室裏，看到古代各民族的遺物，有的比中國今日可以看到的最早的遺物更早；而在製作的技巧上，不僅各民族有各民族的風格，並且都達到相當高的水準，有的還超過了中國古代所能達到的最低限度，決不能說在中國古代所能達到的水準之下；這真可從實物上擴大我們對人類文化的胄襟、眼界。但遺留著這樣高水準器物的民族，在歷史上幾乎都先後消失了。大家應當承認，人類一切文化的創造活動，都是以人類自身能生存、發展下去，作為最低與最高的目標。在器物創造的技術上，達到了這樣高的水準，但創造這種水準的民族，卻不能免於消失的命運。這說明了人類的命運，並非完全決定於技術；在由技術所徵表的文化以外，還應當有其他的文化。簡單的說，在人對物所表現出的技術之外，還需要人對人所表現出的智慧。我們若肯反省到這裏，便應當了解以孔子為中心的中國文化的意義，也可以了解中國古代哲人，為了大眾生活，而反對僅有特權階級才可以享受的奇技淫巧的用心。

二

「現代藝術館」，收羅了新印象主義及其以後的達達主義，超現實主義，抽象主義等等的作品，我若不去瞻仰一番，便連自己也感到在藝術方面的頑固。進到館裏面首先引起我注意的是比加索所畫的西班牙內戰的一幅畫，我早從畫冊上看過多次，但終不能像從原跡上所給予我的深刻印象。尤其難得的是：它把比加索為了創造這幅畫，經過許多次構想的素描草稿，隨著草稿先後的順序，一起展了出來，一直到最後的定稿。由草稿到定稿，比加索是盡量運用他的想像力，要把內戰的「殘酷」情景，以最大的濃縮度，以最大的悲愴氣氛表現了出來。由此而獲得驚心動魄，深哀鉅慟的效果，引起觀者對內戰的徹底厭恨與拒斥。從這幅畫的創造歷程，可以了解一位鉅匠在創造時的締造經營之苦。此一事實應當可給寬象模糊，技術犀劣，徒以「現代」兩字自掩其醜的人們以莫大的諷刺。

陳列中有許多名作，大部分是在畫冊上看過的。使我失望的是曾與比加索齊名的馬提斯的作品，他所給我的印象是結構鬆弛。還用一大塊白，一大塊黑，或者用許多纖巧的線條，炫惑的彩色，所構成的現代畫。我過去曾投以厭惡卑視的心情而挨了幾次罵，現在依然沒有絲毫長進，寧願挨罵，也不能假裝出內行的樣子，說出一兩句恭維的話。但其中我也發現出或者可稱為新寫實主義的作品，一位婀娜多姿的少女，躺在自己家屋前的草地上，悠閒淡遠，物我皆忘，難道這不能給匆忙迫促的現代人以片刻的精神休息嗎？另外一個博物館，是為了看「兩百年黑人藝術展」而前往，連館的名字也沒有記下來。十九世紀黑人所畫的畫，是以白人為題材；畫的人物，也是白人的紳士和淑女。他們的技巧，在寫實上，我決不認為在白人名家之下，若不作特別標出，便會以為是出於白人畫家之手。但從二十世紀二十年代起，從題材到內涵，有了八十度的轉變。題材由白人轉變為黑人；內涵由白人高華的情調，轉變為黑人在苦難中的鬱勃悲傷。線條由細變粗，顏色由明轉暗。此一轉變，最清楚地反映出黑人在甘心被奴役以前，及不甘心被奴役而有了民族自覺以後的兩個階段。我懷疑臺港有不少畫家，還停頓在十九世紀黑人畫家的階段。

三

哥倫比亞大學圖書館的東方部，過去是由唐德剛先生當館長，他現在到紐約市立大學教書去了，館長是一位留學日本的美國人士。我要看的是他們所藏的中國善本書。進到善本書庫後，首先引我注目的是他們所藏的中國的族譜。我問，一共有多少種，館長說有一千種，大概他把我的話聽錯了，不會這麼多種的。但他們居然會藏到我們的族譜，我認為這是由於過去負責人士非常有眼光所做的一件大事。聽說日本有一家圖書館也收藏了不少，可能是東京的東洋文庫。大家應當記得，有位黑人作家寫了一部可譯為「根」的小說，在美國哄動一時，並曾拍成電視劇引起美國不少人的尋根熱，紛紛想找自己家世的來源。族譜即是中國人的根。中國首先有帝王的譜諜，再有諸侯、貴族的譜諜，再有世家的傳記。大概到了漢末而漸漸出現了世家的家譜，再推衍便出現了一般平民的族譜；這是中國史學發展的高峰，使每一個人在時間之流中，都佔有一個地位。也是中國文化重視返本歸源，敬宗收族的具體結果，對中國民族克服歷史災難，渡過時代危機，曾發揮了莫大的意義。所以中國民族，早在三千年前，即是本枝百世，瓜瓞綿綿的植根最深最久的民族。族譜成為中國文化的一大特色。但慚愧的是，中國人今後假若也想找自己的根，大概只有到日本和美國圖書館裏，尋千百於什了。「無知即是罪惡」。大量銷毀人民族譜的人，正犯了由無知而來的滔天罪惡。

《華僑日報》　一九七七年八月十二日

歐洲人的人文教養

日本有一位在歐洲住了很久的東京大學前田陽一教授，寫了一篇「生活意識中的人文主義」的文章，從歐洲人的現實生活情形中，來考查他們的人文主義，是如何的養成？是如何的實現？並和日本人的生活，作有趣味的比較。下面我把特別值得中國人借鏡的地方，約略加以介紹。

一

歐美大部分小孩，初生下來最大的事情，是洗禮的儀式。在行此儀式時，給孩子取上一個作為基督教信徒的名字。即使是在失掉了基督教信仰的家庭中，也會使他的小孩，在人生的第一步，與基督教長期的傳統發生聯繫。即使自己並不信仰基督教的雙親，也會把自己的小孩帶到教堂去，並進而把自己曾經受過的信仰教義，教給自己的孩子。「使剛剛學會說話的小孩，跪在床前，教他作『天上的父』這種禱告的母親之姿，恐怕是歐美家庭中最令人感動的情景之一。『宇宙是由我們的父創造的。人類全體，在神前是平等的；神愛世人』諸如這種信仰，深深地印入於小孩的純潔心靈之中。」

沒有「人貌像神」的這種「人的尊嚴」的自覺；沒有在神面前萬人是平等的這種思想，歐洲便不會有近代的人文主義。「這些在歷史發展中所發生過的事情，不僅是作為歷史的事實，而是現代許多歐美人在其個別的生長過程中，形成他們的基本生活教育。縱使在以後，一個人的信仰變得很淡漠，甚至已經喪失了；但在他記憶的深處所存在的純潔地信仰，對於他的精神構造，不能不發生深刻的影響。歐美的人文主義，來自基督教的影響者最大。這與其說是歷史的意義，無寧說是出於幼時所培養的信仰。」

以前不久錢穆先生在臺灣隨便向新聞記者說到了中國的論語，有如西方人的聖經，應當是人人的讀物這類的話；第二天有一家報紙社論便加以諷刺、反對，認為做官的人讀讀論語，固未嘗不可；但今日人人所應讀的是憲法，而不是論語。假定錢先生當時說我們的小學生應當讀一點論語，便會挨到一頓臭罵的。在這同一報紙上，當李秀英選美返臺時，有一篇社論：認定由選美的成功，即足以證明中國二千年來的禮教為無用。這種社論所反映出的心態及文化水準到底算是代表什麼呢？

二

在前田教授的文章中，接著說到西歐，尤其是法國，小學、中學裏面，由於國文課程的安排得法及作文方法的進步，使人從小的時候，便可以得到思想秩序及邏輯性格的訓練，這應該是我們在教育上很大的借鏡。談到大學教育，特別指出他們對古典語言的重視，對希臘羅馬古典的重視。有關宗教、哲學、倫理、政治、經濟等等的古典，在文化上所發生的影響，「不僅是歷史的事實，而是現代歐美大多數知識人在成長過程中所反復接受的教育，正與初生時所受的信仰一樣。」「即使是在不同時代與環境中的人們所寫的文章，只要發掘下去，便可以確認人性根元的不變。並且在一見好像與現代豪無關係的問題中，也可以發現出與現代問題有密切的關聯。這種事實，在西歐的大多數知識人中，因為與古典作了全人格地接觸，所以當年輕時已經能了解得到了」。

但是，這種人文主義的教育，僅在漸次縮小的希臘羅馬的古典語言教育範圍之內，尚不能得到充分效果；於是「許多國家，他們教育的方法與精神，漸次導入本國的古典教育，這是值得非常注意的。在這一點上，法國的國文教育，特別澈底」。「古典語言教育的教材，並不限於詩歌、故事，而是涉及歷史、哲學、倫理、政治、科學等等。法國的國文教育中，笛卡兒、馬兒布蘭士們的哲學，巴斯卡兒、波士耶們的神學，孟德斯鳩、盧騷們的政治學，彪封的『博物誌』，伯兒拉爾的『實驗醫學研究序說』等一起登場。通過這種保有廣大豐富內容的國文教育，可以了解它會容易對人性作全面的陶冶的」。

三

在該文中，還有許多有意義的介紹，譬如人與人間權利義務的分明，契約的尊重，語言的重視；在請客時，安排客人與主人、客人與客人之間的談天，重於豐富的酒菜等等，都值得我們研究。同時，他們的人文教育，是以個人為中心，所以人與人之間，是很冷淡的，缺乏同體連帶的感情；這正是西方人文主義所達的極限，也是他們所遇到的危機。據說：因為他們富有批判精神，有的思想家已經注意到這裏了。

最引起我特別注意的是：古典教育，實際即是人文的陶冶教育。因此，各大學裏面的文史系，主要應該負起這種責任。我國大學裏的文史系，當然主要開的是古典方面的課程。但幾十年來的風氣，教書的人，一面教古典，一面又認為古典毫無意味。甚至假使有少數好學深思之士，能費力把古典的意味發掘出來，多數人便會視為異端，加以非笑。因此，文史系便完全失掉了目標，不知到底它是為了什麼而存在？尤其是中文系。各大學的中文系，都成了文化的垃圾桶。

專門教古典的文史系既然如此，一般知識分子的浮薄，更是可怕。有家報館的社論，再三提出，目前我們最大的病痛是「歷史病痛」，而他們所說的歷史病痛，即指的是由古典所發生的對人生教養的影響。現在在臺灣，只要有人談到古典的意義、教養等等，一批年輕的人，便會立刻無條件的認為這是誤國的罪人。假定要出風頭而又不冒風險，只要懸空的大罵傳統文化，罵得越毒辣，便越會被視為這是現代的好漢。作為一個人所必不可缺少的基本教養，早在知識分子中連根拔盡了。我真不知道大家赤裸裸地要走到什麼地方去？

《華僑日報》　一九六二年三月十日

瞎遊雜記之十一

二

我們到華盛頓的目的，是參觀以斯密遜安研究所（The Smithsonian Institution）為中心的三個博物館，三個美術館，再加上國會圖書館的。一連兩天，每天上午十時到達，下午五時半離開。英國富裕的科學家詹姆士·斯密遜，沒有到過美國。但當他於一八二九年死在意大利時，遺囑把他全部財產五十多萬美元捐贈給美國，用「斯密遜安研究所」的名稱，作為增進與普及人類知識的機構，設立在華盛頓。當時的五十萬元，是一個很大的數字。現在此研究所有三千多個職員，其中有三百多個是專家、科學者；它的研究機構及收集資料的活動，遍及於美國國內外，成為美國的一大文化活動中心。

研究所及其他六個博物館、美術館、及另一預定在一九八〇年開放的美術館，都位置在從國會到華盛頓紀念塔的一個大橢圓形草地的周圍。每一個館內，設有包括飯廳在內的各種服務設備，甚至有的為小孩及殘廢人士設了小推車和輪椅。這一個環繞著橢圓形草地的周邊，不僅是美國文物的中心，或者也可以說是世界文物的中心。據導遊者的報告，假定在每一樣收藏品面前站一分鐘，便需要八十八年之久。若是一個人每天能站八小時，必須活到二百六十四歲再加上童稚和受教育的年齡，才可以站完。但站一分鐘，又能看出什麼呢？每一個人，在這種巨大的人類文化遺產面前，實在是太渺小了。我在參觀過紐約及此地的博物館、美術館後的總印象是：凡是可用金錢買到的幾乎都被美國人買來了；凡是現代可以運用的高貴材料達到的設計技能水準，都被美國人在博物館、美術館的建築上運用上了。進入到這裏，人類發展的階段，自然界形成的歷程，科技是如何在演進，藝術是如何的多彩多姿，都可給你一個粗線條的解答。但是，只有抱著一定的研究目的，由目的限定在一個狹小範圍之內的人，才可得到一點什麼。就我們這種短期遊客來說，尤其是就我這樣的瞎子遊客來說，在美不勝收，目不暇給，比走馬觀花，過眼雲烟，還要加強幾倍速度的情形之下，要想能多把握點什麼，無寧是精神的過份負擔。中國有「至寶山而空回」的話，我感到此乃必然之勢。這裏面的許多成就，多是來自資本家的捐獻。這不可僅用「捐獻可以免稅」來鹵莽地加以解說。美國人說香港是文化沙漠，香港有的人不服。殖民地的政府，不成氣候的資本家，除了吃喝玩樂外，香港在文化上只有甘心承認是一塊小沙漠。小沙漠中要有點綠洲，恐怕只能靠少數不屈不撓，埋頭苦幹的學術研究者，文化工作者吧。

三

但我並不是沒有若干感想。這裏隨便寫出一點。在自然博物館裏面，從恐龍、化石、史前史後的動植物標本、實物，以至原質一千磅重的純潔無疵的大水晶球，各色寶石群中的被稱為「希望之星」的世界最大的藍寶石，誠可謂聚「自然」的大觀。其中有南北美大陸先史時代的原住民，及現時北極下的埃斯基摩人等各方面生活情態的模仿構造，都十分的逼真。陳列他們的日用品與工藝品以及奇特的圖騰等實物的豐富，在人類學的研究上，當然有極大的意義。但為什麼要把這些原住人原始人的材料陳列在自然博物館裏呢？他們生產的工具，雖然非常簡陋，但他們所做的裝飾品、工藝品，有的已表現相當高的技巧。不論怎樣，他們已經都是「人」，都有了某種程度的文化，為什麼可以安置在與動植礦物相等倫的位置呢？尤其荒謬的是，其中有個京戲中「二進宮」的場面模型，做得和真的一般無二，但這是中國十九世紀末才發展成熟的一種戲劇藝術，他們扮演的也是傳說中十六世紀前後的明代宮廷故事，可以與原始民族的原始生活相提並論嗎？我把它和其他現象結合在一起的粗略印象是：這一研究中心，對中國的研究最為差勁。這實是我們中國人應當擔負的責任。

其次，我在國立美術館裏，對歐洲中世紀末期的繪畫，與文藝復興時期的繪畫，在比對之下，得出了一種非常鮮明的分界線。這比書本的解釋要深刻得多。同時，我在紐約大都會博物館及此美術館裏，覺得其他古代民族在工藝上所表現的技巧，文藝復興時代的繪畫在光和線條顏色上所表現的技巧，實在是目炫神移，氣為之奪。幾乎對中國藝術，失掉了信心。但走進夫里爾美術館（The Freer Gallery of Art）看到商周時代的銅器及陳列的字畫，方感到他們的工藝品近於纖巧，而我們所表現的則是威重。他們的繪畫是適應感官的要求，而我們的則係超越感官以得到精神的解放。這完全是屬於兩個不同的世界。商周銅器及好的書畫，我過去也看得相當多了。但只有在這種鮮明對比之下，才引起我上述的瑩澈的感覺。於是我又回復到「不輕視他人，同時也尊重自己的」本來態度。

《華僑日報》 一九七七年八月二十五日

國家圖書館出版品預行編目資料

徐復觀教授散文集

徐元純編. – 初版. – 臺北市：臺灣學生，2019.04
面；公分

ISBN 978-957-15-1792-6 (平裝)

855 108001310

徐復觀教授散文集

編　　者	徐元純
出 版 者	臺灣學生書局有限公司
發 行 人	楊雲龍
發 行 所	臺灣學生書局有限公司
地　　址	臺北市和平東路一段 75 巷 11 號
劃撥帳號	00024668
電　　話	(02)23928185
傳　　眞	(02)23928105
E-mail	student.book@msa.hinet.net
網　　址	www.studentbook.com.tw
登記證字號	行政院新聞局局版北市業字第玖捌壹號
定　　價	新臺幣二五〇元
出版日期	二〇一九年四月初版
ISBN	978-957-15-1792-6

07825